시대의 풍경

이수정 철학 에세이

철학이 보는
시대의 풍경

이수정 지음

철학과 현실사

일러두기

1. 이 책은 제1부 '현실의 풍경', 제2부 '철학의 풍경'으로 구성된다.
2. 글들은 대부분 2020년과 2021년에 작성된 것이다. 순서는 특별히 없다.
3. 〈경남도민신문〉, 〈경남신문〉, 《대학지성》, 《월간 불교문화》, 《지질, 자원, 사람》 등
   여러 신문과 잡지에 게재된 것이 많으나 차제에 상당 부분 수정 가필했다.

서문 🌿

　우리의 삶은 지금 격변하는 시대를 힘겹게 통과하고 있다. 고요한 태평성대가 언제 있기나 했겠냐마는 우리도 그 시대의 요동에서는 예외가 아닌 것 같다. 그나마 침략과 전쟁이 없다는 것만도 하늘에 감사해야 할 일인지 모르겠다. 하지만 벌써 3년째 세계를 꽁꽁 묶어놓은 저 코로나 팬데믹…. 비행접시가 날 줄 알았던 21세기의 민낯이다.

　제법 긴 세월 20세기의 절반을 살고 설레는 가슴으로 뉴밀레니엄을 맞은 게 엊그제 같건만 그 19xx라는 것은 어느새 저만치 뒤로 밀려나 마치 전생처럼 아득해 보인다. 시간의 속도를 절감한다. 흔히 듣던 60대의 그 시속 60킬로미터? 아무튼 광속처럼 그 하루하루기 내달리고 있다.

　시대는 당연히 세상의 시대다. 그 세상에 인간들이 있고 사건들/사태들이 있다. 형들/누나들을 포함한 우리 세대가 겪었던 저 왜정의 끝자락과 해방, 분단, 6·25 남북전쟁, 휴

전, 4 · 19, 5 · 16, 월남전, 10월 유신, 10 · 26, 서울의 봄, 12 · 12, 5 · 18, 6 · 10항쟁, 6 · 29, 올림픽, IMF, 월드컵, 부엉이바위, 광화문 촛불, 탄핵, … 그리고 지금의 이 코로나. 기록영화처럼 그 장면들이 눈앞을 스쳐간다.

20세기는 이미 숫자가 바뀌었으니 그렇다 치자. 21세기는? 그 20년도 이미 내용적으로 만만치가 않다. 그 풍경들을 스케치해본다. 아니 스케치도 거창하다면 그냥 주머니 속의 폰을 꺼내 스냅사진처럼 찍어본다. 이것도 아마 우리네 삶의 풍경일 것이다. 현실이다.

나에게는 '철학'이 그 삶의 절반이었다. 그러니 시선이 거기로 향하는 건 당연일 것이다. 지난 세기만 해도 그 머리 위에 왕관이 씌워져 있었다. 적지 않은 젊은이들이 그 왕관을 동경했다. 나도 그랬다. 그러나 이젠 그 왕관도 녹이 슬고 땅에 떨어져 나뒹굴고 짓밟힌다. 한때 그 왕관을 썼던 주군도 이젠 리어왕처럼 쫓겨나 머리를 풀어헤친 채 황야를 헤맨다. "최선의 의도로 최악의 결과를 초래한 게 우리가 처음은 아니랍니다."라는 저 코델리아의 말만이 헛헛한 가슴을 달래준다. 아니 '테스형'을 다시 소환한 훈아형의 노래도 살짝 위로가 된다.

희망을 버리지는 말자. 시대는 앞으로도 계속 요동칠 것이다. 지금의 이 아(Ich)는, 테제는, 필연적으로 비아(Nicht-Ich)를, 안티테제를 야기할 것이다. 피히테와 헤겔의 말을 한번 믿어보자. 기다려보자. 그들이 못 미덥다면, 미래는 결정된 게 아니라 그때그때 우리가 만드는 거라는 포퍼의 말을 되새겨보자. 어쨌든 미래는 지금과는 다를 것이다. 거기에 희망을 걸어보자. 아직은 열두 척의 배가 남아 있고 '그녀의 한 떨기 푸른 미소'도 남아 있다.

정년으로 철학의 공식 무대를 떠나며 몇 마디 소회를 적어봤다. 그러나 퇴임이 끝은 아닐 것이다. 저 김형석 선배님은 100년을 살아보니 "60부터가 본격적인 시작이더라" 하지 않았던가. 손가락에 이끼가 낄 때까지 나는 글을 쓸 것이다. 그냥 글이 아니라 말 같은 글을. 그리고 기다릴 것이다. 지긋이. 언젠가 들어줄 누군가의 귀를.

다음 시대는 좀 더 나은 평화롭고 아름다운 풍경이기를 기대한다.

2021년 여름 창원에서
이수정

차례

제2부 _ 철학의 풍경

제1부

현실의 풍경

'00' 혹은 리셋

주말, 서울 교외의 한 한적한 카페에서 대학 시절의 친구들 다섯이 다시 모였다. 코로나 이후 오랜만이다. 같은 곳에서 같은 수업을 듣던 대학 시절과 각자 다른 길을 걸어온 지금이 자연스럽게 비교되었다. 처음 만났던 그때로부터 어언 40 수년. 돌이켜보니 다들 참 열심히도 살아왔다. G는 수많은 베스트셀러를 낸 유명 출판사의 대표를 해봤고, U는 한때 전국 5위권이었던 명문 고등학교의 교장선생님을 해봤고, S는 쟁쟁한 중앙지의 편집국장을 해봤고, J는 중국 최고 명문에서 박사학위를 취득한 후 중국 대학에서 교수를 해봤고, I는 일본 대표 명문에서 유학 후 국립대학 교수를 하며 연구원으로 하버드 등 세계 유수의 대학들을 두루 경험했고 학장과 대학원장도 해봤다. 세상에는 대단한 자리들도 엄청 많고 이런 것들이야 그렇고 그런 거라고 간단히 치부될지도 모르겠지만, 어쨌거나 나름 치열하게 노력한 결과임을 부인할 수는 없을 것이다.

그런데… 이젠 모두가 다 '전직'들이다. 이미 다 과거다. 누구는 어떻고 누구는 어떻고… 수다를 떨다가 한 친구가 농담조로 말했다.

"우리 나이가 되면 이제 그런 건 아무 의미 없어. 총체적 평준화야. 현실은 다 똑같아. 그냥 '백수'야. 하하."

하하, 맞다. 다 그렇게 된다. 진리다. 맞장구를 치지 않을 수 없었다. 물론 그 백수도 백수 나름이지만, 과거의 영광은 이미 과거다. 0이 된 것이다. 리셋, 초기화, 그런 단어들이 떠오른다. 행여 그런 과거의 흔적에 집착하며 '내가 왕년에…' 어쩌고 했다가는 영락없이 '꼰대' 소리를 듣는다. 다 내려놓고 비워야 한다. 바로 그 지점에서 '0의 철학'이 고개를 내민다.

모든 인간의 삶은 0에서 시작한다. 그리고 살아가며 그 그래프가 오르락내리락 움직이다가 결국 다시 0으로 돌아가 고요해진다. 볼륨 표시처럼 움직이는 그 그래프의 막대가 엄청나게 높은 곳까지 치고 올라가는 사람도 있다. 정치인의 삶을 산 사람은 더러 대통령까지 치고 올라가기도 하고 사업가의 삶을 산 사람은 더러 재벌 회장까지 치고 올라가기도 하고 종교인의 삶을 산 사람은 더러 성자의 단계까지 치고 올라가기도 한다. 문화예술인이라면? 유튜브나 빌보드나 아카데미 등을 휘저으며 최고의 인기를 구가하기도 할 것이다.

그러나 단 한 사람도 예외는 없다. 결국은 모두가 다 0으로 되돌아간다. 그게 이치다. 존재의 시스템이 혹은 삶의 시스템이 그렇게 되어 있다. 그 설계자가 누구인지는 확인 불가능이다. 보통은 그게 신이라고 생각한다. 그냥 자연의 섭리라고도 한다. 인간의 입장에서는 참 얄궂은 운명이다. 그러나 원망할 수도 없다. 원망해본들 아무 소용도 없다. 그런가보다 하고 받아들일 수밖에 없다.

0은 만인에게 공평하다. 77억의 인간, 아니 추산이라지만 유사 이래 이 세상에 존재했던 1,082억의 인간, 누구 하나 예외 없다. 우리가 만일 이걸 삶의 과정에서 체득한다면, 소위 삶의 핵심이라는 부귀공명을 위해, 그 욕망에 휘둘리며 그렇게 아등바등할 이유도 없다. 우리가 인생살이 세상살이라는 걸 해봐서 알지만 위로 치고 올라가는 길은 가시밭길이라 누구든 상처투성이가 된다. 남과의 비교나 경쟁은 특히 그렇다. 석가모니 부처는 그걸 '고(苦)'라고 부르기도 했다. 그런 재미로 산다는 주의라면 그거야 누가 뭐라 하겠는가. 하지만 대개의 보통 사람들은 그걸 감당하기가 참 쉽지 않다. 그래서 그때그때 적당히 욕망을 (즉 마음을) 다스리라고 철학은 권유하는 것이다. 줄이고 내려놓고 비우는 것이다. 0이 되도록 다 비워버린다면 그게 곧 부처다. 그것 말고 해탈이라는 게 따로 있는 게 아니다.

그러나… 그건 아무나 걸을 수 있는 길은 아니다. 그래서 보통 사람에게는 궁극의 0이나 완전한 0이나 절대적인 0이 아니라, '그때그때의 0'을 위한 노력이 대안이 된다. 그때그때 하는 데까지 해보고 잘 안 되면 그때그때 0으로 비우는 것이다. 그런 걸 철학에서는 '지혜'라고 부른다. 그런 지혜 덕분에 대부분의 보통 사람들은 오르락내리락하면서도 그럭저럭 삶을 살아간다.

그런데… 정말 그럴까? 늙으면, 은퇴하면, 죽으면, 모든 게 0으로 리셋되는 것일까? 그렇지 않은 부분도 있다. 삶의 흔적, 그건 영원히 지워지지 않는다. "과거는 흘러 가버리는 것이 아니라 흘러 고이는 것"이라고 나는 설파한 적이 있다. 그게 소위 평생의 '업장'으로서 염라대왕의 심판 대상이 되는 것이다. 그것은 초기화되지 않는다. Delete 키도 먹히지 않는다. 삶이란 연필로 그린 스케치가 아니라 유화 같아서 한 번 그린 그림은 어떤 지우개로도 지울 수가 없다. 덧칠도 불가능하다. 우리가 그때그때의 삶을 선량하게, 신중하게 살아야 하는 까닭이 거기에 있다. 일거수일투족에 대해 우리는 스스로 책임을 져야 한다. 그게 또한 삶이라는 것의 시스템이다. 모두들, 염라대왕 앞에서 조금이라도 덜 부끄러울 그런 삶을 살기로 하자.

그런데 세상을 둘러보니 별로 그런 것 같지가 않아서 걱정이다. 뭐 그거야 각자의 몫이겠지만, 염라대왕이 알아서 하시겠지만….

'10' 혹은 국위

나는 개인적으로 수학과 좀 악연이 있는데, 그런데도 숫자의 위력은 인정하는 편이다. 뭐든 숫자를 제시하면 실감 나게 확 와 닿는다. 예컨대 의식주의 인생론적 가치를 이야기하며 우리가 90 평생 최소한 32,850번 옷을 입고 98,550끼의 밥을 먹고 262,800시간(30년간) 잠을 잔다고 지적하면 그게 얼마나 중요한 건지 곧바로 이해되는 것도 그런 경우다.

만유 속에 수의 질서가 스며 있다. 철학사 수업시간에 피타고라스를 설명하면서 특히 그것을 강조한다. 비교적 잘 알려져 있듯이 그는 수(arithmoi)를 만유의 원리로 제시했다. 나의 전매특허인 '결여 가정'('만일 ○○가 없다면…' 하고 그 결여를 가정해보는 철학적 방법론)을 동원하면 학생들도 백 퍼센트 납득한다. '만일 숫자가 없다면…' 하고 가정해본다. 그러면 현대 세계 전체가 한순간에 올스톱이다. 거의 모든 것이 붕괴된다. 은행, 증권 같은 금융 즉 돈과 관련된 것은 말할 것도 없다. 모든 거래가 중단되고 월급도 못 받는다. 모든 과학도 기술도 산업도 수가 없으면 원천적으로 성립 불가능이다. 공장도 병원도 붕괴된다. 체온도 혈압도 잴 수가 없다. 요즘 같으면 군대도 난리가 난다. 총이든 대포든 구경도 맞출 수 없고 미사일의 사거리도 맞출 수 없다. 계기판이 없으면 비행기도 날지 못하고 함정도 뜨지 못한다. 아, 점수를 못 매기니 축구도 야구도 할 수가 없다. 그리고 로또도… 이런 사례를 나열하자면 거의 무한정이다. 만유에 스민 수의 마력을 읽어냈으니 피타고라스는 과연 위대한 철학자였다.

10이라는 숫자를 철학적으로 사유해본다. 이른바 10진법을 기본으로 사용하는 세상이니 10은 그 자체로 이미 특별한 의미를 지닌다. 손가락도 10개다. 그런데 요즘 우리는 각종 매체에서 10이라는 숫자를 자주 접한다. 특히 D10이라는 것이 우리 귀에 솔깃하게 와 닿는다. 선진국 정상회의인 G7에 3개국을 추가한 민주주의 선진 10개국이다. 여기에 호주, 인도와 함께 우리 한국이 거론된다. G7 회의에 여러 번 초청받아 참여하면서 사실상 그 준회원국이 된 듯한 양상이다. 미국과 영국이 그 정식 확대에 적극적인 것 같고 캐나다는 거부의사 없이 관망 중이라 하고 프랑스-독일-이탈리아와 일본은 좀 부정적인 모양이다. 각국의 이해관계가 있기 때문일 것이다. 한국을 경계하여 반대하는 일본이 특히 좀 얄밉지만, 아마 머지않은 장래에 어떤 식으로든 현실적인 형태를 갖게 될 것이다. 그린데 무려 10이다. 덩치도 작은 우리 한국이 세계 10위권이라는 것이다. 현재의 G20과는 또 다른 이야기다.

불과 몇 십 년 전, 우리는 거의 세계 바닥권이었다. 100년 전엔 일본의 식민지로 36년간 아예 나라 자체가 없었다. 약 70년 전, 남북전쟁 직후엔 먹고살기도 힘들었다. 우리는 그 짧은 몇 십 년간 바닥에서 거의 정상까지 치고 올라온 것이다. 비록 갈라진 반쪽짜리지만 참 대단한 나라고 대단한 민족이다. (우리와 중국 이외엔 거의 유례가 드물다. 바닥에서 올라와 G2가 된 중국은 사실 우리보다 좀 더 극적이다. 물론 기본적으로는 그 덩치 덕분이지만 사실은 그것만도 아니다. 저들의 실력도 솔직히 객관적으로 인정하지 않으면 안 된다.)

아무튼 D10, 우리는 이것을 가능케 한 선배 세대들에게 엎드려 절하지 않으면 안 된다. 그들의 피와 땀과 눈물과 한숨을 기억하지 않으면 안 된다. 이 10이란 숫자는 절대 우연으로 얻어진 게 아니다. 공로자가 있다. 입장에 따라 평가는 극명하게 갈리지만, 산업화를 이끈 박정희의 리더십과 민수화를 이끈 DJ-YS의 리더십도 공히 인정하지 않으면 안 된다. 물론 실제로 온 인생을 걸고 피와 땀을 흘린 바닥 민초들의 공이 결정적이었음은 두말할 것도 없다. 그 모든 게 어우러져 지금의 이 D10이 가능해진 것이다.

그러나! 아직 우쭐하지는 말아야 한다. 그 안 혹은 그 바닥을 들여다보면…, 아직 그 실질은 결코 '선진'이라고 할 수가 없다. 여기저기가 아직 엉망진창이다. 우리의 눈은 좀 더 높은 곳을 바라보아야 한다. 10이 아니라 '1'이다. 나는 여러 차례 기회 있을 때마다 이것을 강조했다. 세계 최고의 '질적인 고급국가'를 지향해야 한다. 그것은 헛된 망상이 아니다. 얼마든지 가능한 꿈이다. 어떻게?

우선은 각자가 자기 자리에서 자기의 이름값을 제대로 할 때, 그리고 사람이 사람을, 내가 내 앞에 있는 누군가를 함부로 대하지 않을 때, 우리는 그 첫걸음을 떼게 된다. 그 첫걸음은 우리 각자가 스스로를 돌아보며 떼야 한다. 나는 지금 내 앞에 있는 사람을 어떻게 대하고 있는가? 아직도 나를 갑으로 그를 을로 여기고 있지는 않은가? 그를 1로, 나를 10으로 여기고 있지는 않은가?

10은 내가 5, 그가 5일 때 비로소 완전수가 된다. 사람은 그 누구도 졸이 아니다.

'30' 혹은 연륜

"서른, 잔치는 끝났다"라는 말이 한때 사람들의 입에 오르내렸다. 최영미 시인의 파격적인 시들 때문이었다. 최근, 이 서른이라는 것이 다시 사람들의 입에 오르내린다. 맥락은 좀 다르다.

36세의 이준석씨가 제1야당인 국민의힘 대표로 선출되어 큰 화제가 된 것이다. 긍정적, 부정적, 어느 쪽이든 그 화제성은 부인할 수가 없다. 아마 한국 현대 정치사의 한 사건으로 기록될 것이다. 30대이니 DJ-YS가 떠오르던 시절의 이른바 40대 기수론보다 더 파격적이다. 그래서 일단 흥미롭다. 그가 성공 사례로 남을지 실패 사례로 남을지 그건 미지수다. 오롯이 그의 몫이다. 능력과 노력이, 혹은 상황과 운이 그걸 좌우할 것이다. 가능성으로서는 실패 쪽이 당연히 더 크다.

정치평론을 하자는 건 아니다. 그런 건 굳이 철학자가 나설 일도 아니다. 편들거나 선전하자는 건 더더욱 아니다. 나에게 흥미로운 건 그 나이다. 30대. 그것도 중반. 대통령 피선거권도 없는 '어린' 나이이기에 그게 화제가 되는 것이다. 이런 건 철학적 주제가 된다.

나는 이 30이라는 숫자를 가볍게 보지 않는다. 몇몇 사례를 짚어보기로 하자.

멀리 갈 것도 없다. 가까운 평양에서는 이미 30대의 청년이 어쨌거나 국가 원수의 중임을 수행하고 있다. 미-중-러 등 강대국을 대표하는 6, 70대의 노정객과도 맞상대를 한다. 평가는 별문제다. 이런 건 아마 지난 역사의 왕조들을 들춰보면 부지기수로 찾아낼 수 있을 것이다. 유명한 알렉산더도 그중 하나다. 대정복 후 그가 죽은 것이 33세 때였다. 세종도 21세에 즉위하여 그 이듬해에 집현전을 설치했고 30대에 4군 6진을 개척했다. 한글을 창제한 것은 40대 중반이었다. 로베스피에르가 자유-평등-우애를 외치며 프랑스대혁명에 가담한 것도 31세 때였고 공포정치 끝에 단두대의 이슬로 사라진 것이 34세 때였다.

정치 분야뿐만이 아니다. 삶의 전 분야에 걸쳐 30대의 거물은 결코 드물지 않다.

MS의 빌 게이츠와 애플의 스티브 잡스, 그리고 페이스북의 마크 저커버그를 보자. 1955년생인 게이츠는 1975년(20

세)에 마이크로소프트를 등록했고 1985년(30세)에 윈도를 출시했다. 역시 1955년생인 잡스는 1976년(21세)에 애플사를 창업했다. 1984년생인 저커버그는 2004년(20세)에 페이스북을 개설했다. 이들의 30대는 이미 세계 정상이었다.

문화예술 분야에는 아마도 더 많을 것이다. 모차르트는 14세에, 슈베르트는 18세에, 그리고 쇼팽은 19세에 이미 두각을 드러냈다. 그들의 30대는 원숙의 경지다. 비틀즈의 대표곡 '렛잇비'가 1970년 히트를 쳤을 때 1940년생인 존 레논은 30세였다. 지금 세계 정상인 BTS는 1990년대 생인 멤버 전원이 아직 20대다. 그들의 30대는 아마 전설이 되어 있을 것이다. 이런 사례 역시 뒤져보면 부지기수다.

어려운 철학−사상 쪽이라고 예외는 아니다. 우선 우리에게 익숙한 공자를 보자. 《논어》에 나오는 그의 자술에 따르면 그는 "나는 열다섯에 배움에 뜻을 두었고, 서른에 섰다."고 했다. '섰다(立)'는 이 한마디는 너무나 짧고 설명도 없어 해석이 구구하지만, '독립'이나 '우뚝 섰다'는 말에서 짐작되듯이 자신의 '학문'(즉 확고한 자신의 입장)을 갖게 되었다는 뜻이다. 역시 30이 만만찮은 경지임을 알려준다.

부처는 어떤가. 비교적 널리 알려진 대로 그는 29세에 출가해 6년간의 고행을 겪었으며 35세에 득도해 부처님이 되었다. 이준석보다 더 어린 나이다.

예수는 어떤가. 역시 널리 알려진 대로 그는 20대 후반에 이미 "회개하라, 천국이 가까웠나니…" 하며 포교를 시작했고 그 유명한 (역사상 최고의 명강의로 손꼽히는) 산상수훈을 강설했으며 30세(혹은 33세) 때에 골고다 언덕의 십자가에서 생을 마감했다. 역시 이준석보다 더 어린 나이다.

이들의 면면을 보면 다른 사례들을 더 찾아볼 필요도 없다. 누가 저들 앞에서 '마흔도 안 된 것이…' 하며 그 30이라는 숫자를 폄하할 수 있겠는가. 30은 결코 만만한 숫자가 아니다.

우리는 사람들의 40대, 50대, 60대도 대충은 알고 있다. 나이를 먹는다고 그만큼 속이 알차지는 것도 아니다. 철이 깊이 드는 것도 아니다. 뉴스를 보면 간혹 나잇값은커녕 세상에 폐를 끼치는 70대, 80대도 적지 않다. 누구든 30이라는 이 숫자에 대해 무한 책임을 지지 않으면 안 된다. 그 숫자는 각자가 삶의 내용으로 채워야 하는 철학적 의미를 갖기 때문이다. 70보다 더 무거운 30도 있다는 것을 우리는 명심해야겠다.

진단서

긴말 생략하고 다음과 같이 진단서 한 장을 발급한다.

〈진단서〉

환자명: 이 시대

보호자: 전 자연

병　명: 총체적 기능부전 및 가치상실

병　증: 코로나19 감염, 온난화, 엘니뇨-라니냐 등 기후변화, 수
　　　질오염, 토양오염, 미세먼지 등 공기오염, 인간성 상실,
　　　건전한 언어기능 상실, 꿈의 상실(2포, 3포, n포, 다포) 등

주병인: 인간의 과도한 욕망과 경쟁으로 인한 자연훼손 내지 자연
　　　파괴, 산업화-도시화-세계화-정보화 및 극단적 자본주
　　　의, 만성 이기주의

소　견: 중증. 방치할 경우 사망의 위험이 있음. 긴급 처치가 필요
　　　할 것으로 사료됨

처　방: 자기성찰과 자기반성, 보조영양제 복용(불교 경전, 기독
　　　교 성경, 공자의 논어, 소크라테스 대화록 등)
협　진: PhD 마르틴 하이데거 교수, PhD 한스 요나스 교수
2021년 6월 〇일
진단자: 존재론 전문의 PhD 이수정 교수

무슨 말을 하고 싶은지 아마 대부분 곧바로 눈치 챘을 것
이다. 우리가 살고 있는 지금 이 시대가 총체적인 위기다. 시
대의 병이 깊어가고 있다. 사람들이 이걸 모를 리 없을 텐데
환자의 병세는 악화일로다. 발병한 지는 한참 되는데 별반
차도가 보이지 않는다.

　환자가 자기의 병을 인지하지 못하고, 인지해도 병원을 가
지 않겠다 하고, 병원을 가도 의사의 말을 안 들으면 사실 답
이 없다. 앓다가 죽을 수밖에 없다. 그렇다고 그냥 방치할 수
도 없는 문제이니 참 답답한 노릇이다.

　철학자가 무슨 의사놀이냐고 누군가는 흰 눈을 뜰 수도 있
다. 그런데 나는 여러 차례 강조한 바가 있다. 철학에는 의학
적 성격이 분명히 있다. 탈난 것을 고치려는 것이다. 비정상
의 정상화다. 문제의 해결이다. 공자의 정명철학도 소크라테
스의 가치철학도 결국은 문제적인 사람과 문제적인 세상을
바로잡고자 한 지적인 노력이었다. 그들에게는 이론과 실천
이 다 있었다. 고대만 그런 것도 아니다. 현대의 철학도 마찬

가지다. 마르크스주의도 프랑크푸르트학파의 비판이론도, 그리고 하이데거의 시대비판도 요나스의 책임론도 로티의 정의론도 다 그런 의학적 철학이었다. 정상과 비정상, 중심과 주변의 이분법을 넘어서고자 했던 푸코 철학에도 데리다 철학에도 그런 면이 없지 않다.

병원이 없는 것은 아니다. 의사가 없는 것도 아니다. 치료법이 없는 것도 아니다. 약이 없는 것도 아니다. 가장 답답한 것은 환자가 말을 안 듣는 것이다. 일단은 자연치유라는 것도 있기는 하다. 철학이 강조하는 합리성이 작동하는 것이다. 그것이 옳고 그름, 좋고 나쁨을 분별하면 된다. 그런데 그 이성이 망가져서 제대로 작동을 하지 않는다. 시비선악이 뒤집혀 있다. 욕망이라는 독성이 강한 바이러스에 감염된 탓이다. 그러니 약이라도 먹어야 하는데, 그 약을 파는 철학과라는 가게가 지금 줄폐업 중이다. 서점이라는 가게도 손님이 없다. 출판사라는 제약사도 도산의 위기에 처해 있다. 송인서적도 반디앤루니스도 문을 닫았다. 원료 공급자인 저자들도 워낙 장사가 안 돼 먹고살기가 어려운 처지다. 도서관이라는 편의점에서도 사람들은 달콤한 음료 정도만 찾을 뿐 약을 찾는 손님은 별로 없다. 그나마 매대에 진열된 교양이라는 언어의 양약은 영 인기가 없고 부작용이 큰 향정신성 의약품들 즉 말초적 흥미를 자극하는 언어들은 프로포폴만큼이나 인기가 높다. 소위 SNS를 통해 대량으로 유통된다. 그런 건 공급도 수요도 넘쳐난다.

'이 시대'라는 이 환자는 이제 수술이 필요한 건지도 모르겠다. 대수술이다. 아마도 몹시 아플 것이다. 그런데 이 수술은 어느 병원에서 어느 닥터가 할 수 있는지 궁금하지 않을 수 없다. 그런 정보는 유튜브나 페이스북이나 트위터 같은 것이 알려주는지 모르겠다. 환자의 쾌유를 빈다.

틱톡 단상—같음과 다름

2020년, 전 세계를 뒤덮은 미증유의 코로나 사태에도 이런저런 사건들은 변함없이 발생해 매일매일의 뉴스란을 채워준다. 그중의 하나. 별스러움으로 늘 화제의 중심에 서는 미국의 트럼프 대통령이 G2로 치고 올라온 중국과 각을 세우면서 그 대표적 IT 기업의 하나인 틱톡(TikTok)을 건드렸다. 중국 공산당에 의한 개인정보의 악용 운운하면서 그 매각 혹은 금지를 종용한 것이다. 이 사건은 그 자체로 이 기업의 세계적 인기 내지 위력을 증명하는 것으로 해석될 수 있다.

아닌 게 아니라 60대인 나도 이 앱의 애용자다. 무료한 빈 시간을 소비하기에 이만큼 매력적인 도구도 많지 않다. 평균 15초 전후의 동영상 플랫폼인 이 앱은 유튜브보다도 더욱 간편해 뿌리치기 힘든 중독성을 갖는다. 나는 지난 일 년간 중국 북경에서 연구년을 보내며 이 앱의 매력에 은근히 중독되고 말았다. 귀국 이후에도 가지고 온 중국 폰으로 이 앱의 영상들을 여전히 즐기고 있다.

워낙 좋아하다 보니 한국 폰에도 이것을 내려받아 깔아놓았다. 그런데 분명 같은 회사의 같은 물건인데도 내가 한국에서 내려받은 이 '틱톡'과 중국에서 내려받은 '도우인(抖音)'은 그 내용이 달랐다. 컨텐츠인 동영상을 올리는 주체가 각각 한국인과 중국인이니 다른 것은 어찌 보면 당연할 수도 있겠다. 그러나 그 한국판의 영상 중에는 중국 사용자가 올린 것들도 적지 않다. 그런데도 그 내용이 다르다.

나는 이 다름에 대해 좀 호기심이 생겼다. 뭐가 다를까? 왜 다를까? 이 다름의 의미는 뭘까? 철학자의 직업병인지도 모르겠다. 간단히 단정하는 게 쉬운 일은 아니지만 내가 느끼기에 한국의 그것은 '재미'가 지배하고 있는 느낌이었다. 반면 중국의 그것은 '미학'과 '실용'이 지배하고 있는 느낌이었다. 나는 아마추어라 그 내막은 잘 알지 못한다. 특별히 '팔로잉(关注)'하는 게 없는지라 그냥 회사가 제공하는 '추천(推荐)' 영상을 볼 뿐이다. 이 추천은 기본적으로 AI가 하는 것으로 알고 있다. 내가 선호하는 것을 이 AI가 간파하고 내 입맛에 맞는 것을 보여주는지도 모르겠다. 그런데 한국 앱에서는 꼭 그런 것도 아닌 것 같다. AI의 차이일까?

사용자 전체의 선호도가 이 추천에는 반영되고 있는 듯하다. 사용자의 선호, 내가 즐겨하는 철학적 용어로는 '관심의 방향 혹은 '관심의 종류'다. 이런 게 여기서 드러난다. 생각이 여기에 미치자 나는 조금 걱정이 되었다. 나의 중국 친구들이 한국인의 이런 관심 방향을 알면 어떻게 생각할까… 마음이 쓰였다. 중국인들의 관심은 간단히 '미학'과 '실용'이라고 했지만, 그 내용을 들여다보면 다양한 갈래가 있다. 우선, 젊은 여성들의 미모 자랑이 가장 많은데, 얼굴이나 몸매가 기본이긴 하지만 거기엔 중국의 전통의상인 '한푸', '치파오', '부채', '머리장식' 등등 문화적인 요소들이 한몫을 톡톡히 하고 있다. 그리고 중국 전역의 명소들, 아름다운 풍경, 휘황찬란한 도시 야경, 역사적 건축물 등도 심심치 않게 등장한다. 공부가 되는 역사적 사실들도 곧잘 등장하고 세계 각국과 비교하는 이런저런 통계 그래프들도 등장한다. 대개의 경우 중국은 바닥에서 치고 올라와 결국 최상위에 위치한다. 중국화와 전통음악과 서예도 단골 메뉴다. 기발한 옥 세공을 비롯한 조각 작품도 단골 메뉴다. 거의 박물관 전시품 수준이다. 전통춤도 마찬가지다. 그 재주들이 탄복을 자아낸다. 이런 걸 보고 있으면 아주 자연스럽게 자긍심과 애국심이 생겨날 수밖에 없는 그런 것들이다. 내가 즐겨 하는 말로 모두 다 '가치'와 관련된 것들이다.

같은 회사의 같은 제품이선만, ㄱ 사용사에 따라 그 내용은 너무나 다르다. 우리는 이런 다름을 눈여겨볼 필요가 있다. 우리는 한때 중국을 가난한 나라, 지저분한 나라로 인식하고 은근히 우월감을 갖기도 했다. 심지어 깔보는 사람도 없지 않았다. 그러나 그런 시대는 이미 한참 전에 지나갔다. 저들은 지금 거의 전 분야에서 우리를 추월해 앞서가고 있다. (광둥성 하나만 해도 이미 한국의 GDP를 넘어선다.) 우리에게 불편한 저들의 중화주의적 오만도 거기에 근거를 두고 있다. 그것을 객관적으로 인식하고 그 내용을 들여다보지 않으면 안 된다. 저들은 지난 2천 수백 년간, 우리의 피할 수 없는 '조건'이었기 때문이다. 나라를 옮겨 이사 가지 않는 한 앞으로도 그것은 영원히 변하지 않는다.

질 높은 콘텐츠를 개발해서 저 '틱톡'에 담아 사용자들의 의식을 고양시킬 필요가 있다. 낄낄거리며 놀기만 하는 국민을 우러러볼 나라는 지상 어디에도 없다. 영상 하나에도 '질'이라는 게 있음을 잊지 말았으면 좋겠다.

유튜브 단상

　"장래 희망이 뭐예요?" "유튜버요." 이게 요즘 어린이들의 대답이란다.

　국민학교(초등학교) 5학년 때 '어린이 과학경연대회'에서 어쩌다 1등을 해 당시 KBS 라디오 방송국 스튜디오에서 아나운서 아저씨와 인터뷰를 했는데 그때 그 아나운서도 그런 질문을 했다. 나는 당연히 "훌륭한 과학자요."라고 대답했다. 모범답안이었다. 중학교 때 수학과 악연이 생기면서 그 꿈은 곧바로 멀어졌고 그 대신 나는 철학자가 되었다. 과학의 뿌리가 철학임을 고려하면 영 엉뚱한 결말은 아닐지도 모르겠다.

　그런데 시대가 달라졌다지만 '유튜버'라는 건 좀 뜻밖이었다. 듣자 하니 그게 '돈'이 된단다. 곧바로 납득했다. 수긍했다. 이해가 됐다. 자본만능의 시대인데 어린이들이 신성한 돈을 지향한다고 이상할 건 없다. 더욱이 유튜브는 재밌지 않은가. 눈과 귀를 즐겁게 한다. 00년대 말, 이게 한국에서 서비스를 시작하면서부터 나도 이것을 제법 기웃거렸다. 유학을 마치고 귀국한 후 익숙했던 일본 문화들이 약간 그립기도 했었는데, 유튜브에 그게 무진장으로 널려 있었다. 심지어 내가 전공했던 하이데거의 영상과 음성을 유튜브에서 직접 접했을 때와 고등학교 시절 열광했던 헤르만 헤세의 〈안개 속에서(Im Nebel)〉를 헤세 본인의 육성으로 들었을 때는 정말이지 감동을 감추지 못했다. 거기엔 또 좋아하던 딩리쥔의 노래와 독일 영화 〈황태자의 첫사랑(Alt Heidelberg)〉도 있었다. 그 후 키보드를 몇 번 두드리면 원하는 거의 모든 것이 눈앞에 나타났다. 거의 알라딘의 등잔이었다. 키보드는 거의 알리바바의 "열려라, 참깨!"와 다름없었다. 지금 나의 폰과 PC에는 수십 개의 유튜브 영상들이 소중한 보물처럼 저장되어 있다. 나는 이게 대성공할 거라고 곧바로 예상했다. 아니나 다를까 그렇게 되었다. 요즘은 심지어 평범한 개인들도 웬만하면 자기 채널을 하나씩 다 갖고 있다. 예전의 '블로그'가 이쪽으로 대거 이동한 양상이다.

나도 예외 없다. 학교에서 보직을 하며 총장이 하도 유튜브 홍보를 강조하기에 스스로 홍보영상 공모전을 열어 수상작을 유튜브의 공식 학교 채널에 올리기도 했고, 내친김에 그동안 여기저기서 촬영했던 본인의 강연이나 특강도 유튜브에 개인 채널을 만들어서 올렸다. 보는 것만 아니라 올리는 것도 재미있었다.

유튜브는 이제 막강한 권력이 되었다. 푸코의 권력이론을 굳이 동원하지 않더라도 그게 사람들의 생각과 행동을 좌지우지한다는 걸 인정하지 않을 수가 없다. 어린아이조차도 유튜브를 보고 놀며 인생을 시작한다. 뽀로로도 아기상어도 유튜브가 없었다면 그토록 막강한 위력을 발휘할 수 없었을 것이다. 그걸 못 보게 하면 울고불고 난리가 날 것이다. 싸이와 BTS가 세계를 제패한 것도 유튜브 없이는 불가능했을 것이다.

2019년 1년간 북경에서 연구년을 보낼 때 이게 차단된 상태를 경험해 보았는데, 정말 답답하고 불편했다. 물론 그 대신 거기서는 '도우인(抖音, TikTok)'이 있어서 새로운 종류의 재미를 알게 되었지만, 그게 유튜브의 기능을 대신하지는 못했다.

그런데… 모든 게 그렇지만 세상에 좋기만 한 것은 없다. 빛이 있으면 반드시 그늘도 생기는 법. 이 유튜브도 그렇다. 흔히 말하는 중독성 그런 것뿐만이 아니다. 나는 이게 정치 선전의 도구로 사용되는 게 상당히 우려스럽다. 때로는 선동의 수단이 되기도 한다. 여야, 좌우, 보혁 불문이다. 정치하는 분들이 이 황금 같은 수단을 놓칠 리 없겠지만, 진영논리에 기반한 이게 언론으로 간주되는 게 문제인 것이다. 사람들이 어느 한쪽 소리에만 귀를 기울이면 균형이 무너진다.

듣고 싶은 소리만 들으면서 편견이 정론으로 둔갑한다. 왜? 그 영상과 소리가 곧 사람을 움직이는 권력이기 때문이다. 철학은 그것을 깊이 염려한다.

아무리 좋은 것이라도 선별해 보는 눈과 선별해 듣는 귀가 필요하다. 유튜브 시청에서도 사르트르가 말한 '선택 (choix)'은 여전히 실존적 과제로서 우리 앞에 가로놓여 있다. 키에케고의 '이것이냐 저것이냐(enten-eller)'도 마찬가지다. 볼 것인가 안 볼 것인가, 이것을 볼 것인가 저것을 볼 것인가, 그것이 문제로다. 잊지 말자. 그 선택이 결국 우리가 '어떤' 사람이 될 것인지를 결정할 것이다. 유튜브 회사가 그 필터를 스스로 제공할 턱은 없으니 그것은 우리 각자가 자기 눈에다 끼울 수밖에 없다.

유튜브사가 광고보다 그 콘텐츠의 질에 좀 더 관심을 가져 주기를 기대한다. 아마도 헛된 기대겠지?

페이스북 단상

하이데거는 현존재(인간 존재)의 일상성−비본래성이라는 걸 설명하면서 '세인(das Man)'이라는 '퇴락'의 상태를 드러내 보여주었다. 그 3대 특징이 수다, 호기심, 모호성이었다. 그것을 나는 '재잘재잘−기웃기웃−대충대충'이라고 정형화했다. 사람들이 실제 살아가는 모양새를 보면 과연 진리다. 그 통찰에 무릎을 치게 된다.

언젠가부터 하루에도 몇 차례씩 습관적으로 페이스북을 들여다본다. 중독이 된 것이다. 현실이다. (여기에 저 '세인'의 3대 특징이 다 해당한다.) 뭐든 화제가 되면 궁금해진다. 페이스북도 그랬다. 이게 우리의 생활 속을 파고든 건 비교적 최근의 일이다. 마크 저커버그가 이걸 창업한 게 2004년이니 우리에게 본격적으로 친숙해진 건 아마도 2010년대 이후일 것이다. 주변 사람들이 하나둘 이걸 하기 시작했고 나도 몇 차례 기웃거리다 덥석 거기에 발을 담그게 됐다. 처음엔 그게 '친구들'을 연결해주는 게 신기하고 재미있었다. 사진과 짧은 메시지…, 매력 있었다. 그들이 요즘 어떻게 지내는지, 심지어 오늘 어디를 갔고 뭘 먹었는지, 그런 것까지 알수가 있다. 일본 친구들, 미국 친구들, 독일 친구들, 중국 친구들도 거기서 소식을 주고받는다. 메시지 기능도 따로 딸려있다. 거의 실시간이다. 친구의 친구를 알 수도 있다. 심지어 댓글에서 아는 사람들이 자기들끼리 반갑다며 대화를 주고받기도 한다. 어떤 사람들은 기하급수로 그 '친구'를 늘려 언론의 역할을 하기도 한다. 반면 나같이 진짜로 아는 사람, 그것도 좋아하는 극소수의 사람만 친구로 수락하는 이도 적지않다. 그것도 자율 선택에 맡겨져 있으니 페이스북은 참 영악하다.

인기 있는 유명인사들의 페이지를 들여다볼 수 있는 것도 재미있다. 법륜스님이나 류시화 시인 등의 경우도 그 한 예다. 그런 데서는 유익한 메시지도 많이 접한다. 좋다 싶은 건 '공유'하기도 한다.

'프로필'에서는 자기 자신이 살아온 삶의 역정이 간명하게 정리되기도 한다. 오랫동안 못 만났던 옛 친구들은 따로 설명이 없더라도 그걸 보고 대략 그동안의 삶의 궤적을 짐작할수 있다. 나도 몇 십 년 만에 한 중학교 동창을 거기서 만났는데 그걸로 그 친구의 '그동안'을 자연스럽게 알게 되었다.

그리고 글을 올리다 보니 그 글들이 날짜별로 차곡차곡 쌓여 서랍의 기능을 하는 것도 같아 신문, 잡지 등에 발표했던 것들도 그때그때 거기에 올려둔다. 쓰기에 따라 일기장, 연락장 기능도 한다. 자기의 생각을 부담 없이 말하는 발표장이 되기도 한다. 그래서 습관적으로 이걸 열게 된다. 저커버그라는 이 친구 참 대단하다. 돈을 벌 만하다. 그런데 이 친구의 이름이 원래 독일어로 'Zucker(쭈커)' 'Berg(베르크)', 즉 '설탕 산'이라는 걸 아는 사람은 많지 않다. 달콤하기 이를 데 없다. 달콤한 걸 너무 많이 먹으면 이가 상한다. 조심해야 한다.

이런 SNS들이 대개 그렇듯 그 재미와 편리함으로 손님들을 모은 후 그게 습관이 되어 벗어나지 못하게 되었을 때쯤, 광고가 끼어드는 것은 어쩌면 당연한 순서다. 언젠가 유료화의 청구서를 들이밀지도 모른다. 그게 미국의 방식이다. 각오해두어야 할 것이다.

그런데 페이스북을 이용하면서 한 가지 묘한 걸 느끼게 된다. '친구'라는 말이 이미 암시하는지 모르겠지만, 거기서 패거리가 생기게 되는 것이다. 유유상종, Birds of a feather flock together, 끼리끼리 똘똘, 그런 현상이 생겨나는 것이다. 특히 정치적인 발언들이 올라올 때 그렇다. 같은 정치 성향의 사람들끼리는 '좋아요'와 '공유'와 극렬한 지지와 응원의 댓글이 우르르 달린다. 간혹 멋모르는 사람이 반대 의견을 댓글로 달면 거의 집단 린치를 당하기도 한다. 그걸 알아채고 나면 그 사람은 조용히 입을 다물거나 아예 사라져버린다.

신문기사를 보면 그래서 일부에게는 이게 정치 선전의 장이 되기도 하는 모양이다. 중요 인사들은 이걸 통해 자신의 정치적 메시지를 내놓기도 한다. 저 트럼프가 트위터를 광적으로 애용한 것과 마찬가지다. 그게 뉴스로 보도가 되기도 한다.

오늘도 어김없이 페이스북을 열어봤다. 흠흠, ○열이는 콘서트가 성황리에 끝났구나, ○숙이는 어제 북한산에 갔었구나, ○원장이 있는 지리산은 어제 날씨가 기막히게 좋았구나, 도쿄의 SO상은 새 책을 냈고 KS상은 개인전을 열었구나, 보스턴의 Mrs. H는 손주가 많이 컸고 뉴욕의 HJ는 여행을 떠났구나, 북경의 ○림 선생은 마라탕을 먹었구나, … 페이지마다 소식이 가득하다. 아마 지금 이 순간도 수억의 사람들이 이 '책 아닌 책'에 접속해 페이지를 넘기고 있겠지…, 그런 생각을 하다가 문득 '응 근데 이게 왜 책이지?' 하는 의문이 들었다. 저커버그의 당초 시작이 아는 친구들의 근황을 보자는 취지여서 facebook(얼굴[사진]첩)이라 이름 붙인 모양인데, 이 명칭이 묘하게도 변화한 시대의 한 장면을 상징하는 느낌이 든 것이다. 이 '책 아닌 책'이 전통적인 '진짜 책'을 대체해가고 있는 것이다. 관심에서도 시간에서도. '책보다 더 책'이다. 페이스북으로 대표되는 소위 SNS의 인기와 전통적인 종이책의 퇴조… 그게 대비가 되며 기분이 착잡해진다. 나는 지금도 페이스북 어쩌고 하며 이 글을 쓰고 있다. 이게 종이책으로 서점에 나오면 그 소식도 틀림없이 페이스북에 올릴 것이다. 그 책은 페이스북과 달리 아마도 인기와는 거리가 멀겠지만.

이런 시대를 지금 우리는 허청거리며 통과하고 있다.

한류

"와우! 또야?"

BTS의 신곡이 또 미국 빌보드 1위를 차지했다고 한다. '다이너마이트'와 '버터'에 이은 '퍼미션 투 댄스'란다. 60대 중후반의 아재인 나도 '작은 것들을 위한 시'를 알고 있다. 그 포스트모던한 제목이 눈길을 끌었다. '거대담론', '거대서사'를 떠나 '작은 이야기(petit récit)'에 힘을 싣는 리오타르의 철학과도 통한다. "사소한 게 사소하지 않게 만들어버린 너라는 별…" 심상치 않은 이 가사, 시대적 상징이다.

매스컴의 보도를 보면 BTS를 필두로 한 소위 '한류'가 전 세계에서 큰 인기를 끄는 모양이다. 일본과 묘한 경쟁심을 갖는 나로서는 저 19세기에 유럽을 강타한 소위 '자포니슴'과 지금의 이 한류, 어느 쪽이 더 강력한지 궁금하기도 하다.

한국인의 한 사람으로서 이런 흐름의 존재가 자랑스럽지 않다면 비정상일 것이다. 저 백범 김구 선생의 유명한 말이 떠오른다. "오직 한없이 가지고 싶은 것은 높은 문화의 힘이다. 문화의 힘은 우리 자신을 행복되게 하고, 나아가서 남에게 행복을 주기 때문이다." 맞다. 선생이 지금 계시다면 "바로 이런 거야!" 하며 흐뭇해할 것이다.

강렬한 몇 장면이 기억난다. 그 필두에 아마 저 드라마 〈겨울연가〉가 있을 것이다. 나도 빠져든 수작이었다. 그 전의 〈가을동화〉부터 뭔가 심상치 않은 조짐이 있었다. '가을'은 동남아를, '겨울'은 일본 열도를 들썩이게 했다. 나는 젊은 시절 10년 세월을 일본에서 살았기에 열도를 완전히 장악해 버린 〈겨울연가(후유소나)〉[1]를 특히 잊지 못한다. 일본의 오바상(아줌마)들이 '욘사마', '지우히메'[2] 하며 떼거리로 몰려와 그 배경이었던 춘천의 '준상이네 집'과 '남이섬'과 거제 '외도'를 헤집고 다니던 풍경은 기이할 정도였다. 그 분야 전문가가 아니라 잘은 모르지만 2천 년 넘는 한일관계사에서 우리가 일본을 그토록 들쑤셔놓은 건 아마 전례가 없을 것이다. 가야의 철기문화? 백제 무왕의 칠지도? 백마강 전투? 려몽연합군의 규슈 공략? 조선 사발? 이순신? 조선통신사? 그런 것들이 언뜻 떠오르지만, 〈겨울연가〉만큼 열도 전체를 뒤흔들지는 못했다. 때마침 그 무렵, 일이 있어 오랜만에 도쿄

---

1) 冬ソナ: 일역한 〈후유노 소나타(겨울 소나타)〉를 줄인 말.
2) 두 주인공 배용준, 최지우를 저들은 그렇게 용준님, 지우공주라 불렀다.

를 다니러 간 적이 있었다. 내가 살던 동네의 단골 책방에 들어갔더니 문을 열자마자 〈겨울연가〉의 대본집이(정작 한국에는 없는 대본집이) 수북이 쌓여 있는 게 눈에 들어왔다. 늘 다니던 동네 대형 슈퍼에 장을 보러 갔더니 그 드라마의 주제곡이 BGM으로 흐르고 있었다. 좀 감격이었다. 형제처럼 지내던 일본 친구 H네 집에 놀러가 한잔하다가 그 와이프에게 "혹시 그 〈후유소나〉 봤어요?" 하고 물어봤는데, "아니, 아직이요." 하면서 "근데 보기가 좀 겁이 나요. 주변의 아줌마들을 보니 한 번 보기 시작하면 일을 못할 정도로 빠지고 말 것 같아서요…"라고 말끝을 흐리던 게 기억난다. 그녀는 두 아이를 키우던 직장인이었다. 일에 지장이 생기면 곤란할 것이다. 아이러니하게도 극우에 의한 이른바 혐한에 불을 지핀 결정적 계기가 바로 그것이었다는 해석도 들은 바가 있다. 그 가능성을 일본통인 나도 인정한다. (그 싹은 아마 저 초창기 〈쉬리〉, 〈공동경비구역 JSA〉, 〈엽기적인 그녀〉, 〈클래식〉 등의 인기에서부터 이미 자라고 있었을 것이다.)

그 한류가 계속 맥을 이었다. 원조 격인 김연자, 계은숙은 별도로 치고, 초기의 보아, 동방신기를 이어 카라와 소녀시대 등 걸그룹이 인기를 끌었고, 한식, 막걸리, 화장품에 이어 최근의 웹툰 등 이른바 3차, 4차 한류에 이르기까지 확실한 흐름을 형성한 것 같다. 일본의 국민 메신저인 네이버 계열의 '라인'도 일종의 한류일까? 어느 분야건 하여간 대단하다. 최근엔 넷플릭스를 통해 〈이태원 클라쓰〉나 〈사랑의 불시착〉도 꽤나 인기를 끈 모양이다. 전문적인 분석 기사들도 넘쳐난다.

일본뿐만이 아니다. 2019년 1년간 베이징에 살 때 들은 바지만, 중국 등 중화권에서도 한류의 영향이 만만치 않았던 모양이다. 중국의 '망(網, net)'을 뜨겁게 달군 〈별에서 온 그대〉는 천송이(전지현 분)가 즐긴 '치맥' 덕에 당시 조류독감으로 위기를 맞은 중국의 양계 농가를 구원하기도 하여, 이례적으로 공산당 최고 수뇌부가 직접 간부회의에서 언급할 정도였다고 한다. "우리 중국도 그런 걸 만들어야 한다"고 했다던가? 그 영향인지 〈태양의 후예들〉에는 막대한 중국 자본이 투입되었다고도 한다. 사드 보복의 정치적 조치인 한한령 이후 지금은 그 진출이 막혀 있지만, 우리 쪽 관계자들은 아마 또 다른 형태를 모색할 것이다.

그러던 한류가 이제 전 세계로 그 발을 넓혔다. 근대 이후 세계사를 주도해온 유럽과 미국까지도 상륙한 것이다. 좀 과장하자면 거의 접수한 모양새? '강남스타일'로 유튜브에서 기록을 세운 싸이의 인기는 2013년 1년간 보스턴에 체류할 때 그 하버드 강연을 직접 보며 몸으로 체감했고, 봉준호와 윤여정은 〈기생충〉과 〈미나리〉로 오스카상까지 거머쥐었다. 그들은 이제 세계적인 스타가 되었다. 지금 그 정점에 빌보드를 접수한 BTS가 있다. 그들의 팬클럽 '아미(ARMY)'는 아마 세계 최강의 군대 중 하나일 것이다.

나는 여러 차례 '국가' 즉 한국과 우리 삶의 함수관계를 논하며 그 질적 고급화를 강조했었다. 칼-돈-손-붓 즉 군사력-경제력-기술력-문화력을 키우는 게 관건이라고 피력했다. 한류는 바로 그 붓 즉 문화력이다. 이게 이제 거의 세계 최고의 수준에 다다른 것이다. 나의 주장이 허황되지 않다는 걸 이것이 입증해준다.

그런데 이 지점에서 우리는 주의를 환기해야 한다. 세상만사 영원히 변치 않고 지속되는 것은 없다. 소련의 해체와 일본의 퇴조가 그것을 일러준다. 우리라고, 한류라고 예외일 수는 없다. 〈나의 아저씨〉 이후 최근엔 별로 볼 만한 드라마가 없다. 주춤하고 있다. 코로나 때문만도 아니다. 그 배경엔 뭔가 구조적인 사정도 있을 것이다. 그러는 사이 중국 드라마가 무섭게 실력을 키워가고 있다. 〈랑야방(琅琊榜)〉 같은 건 한드와 다른 새로운 경지와 수준을 보여준다. 한류 관계자들도 긴장하며 신발 끈을 고쳐 매지 않으면 안 된다. 물을 거슬러 가는 배처럼 나아가지 않으면 밀려나는 건 비단 학문만이 아니다(學問如逆水行舟 不進則退). 한류 즉 문화도 마찬가지다. 끊임없이 노를 저어 앞으로 나아가야 한다. 혹은 열심히 페달을 밟고 전진해야 한다. 지금껏 한류는 편안한 세단을 타고 온 게 아니다. 두 발로 힘겹게 페달을 밟으며 자전거를 타고 왔다. 누구나가 다 안다. 페달을 계속 열심히 밟지 않으면 자전거는 넘어진다.

분명히 알아두자. 한류 스타는 애국지사다. 그들은 저 높은 곳에서 에헴 하는 나리들보다 훨씬 더 국위선양에 이바지하고 있다. 그들의 춤과 노래와 연기에 대해 나는 조국을 사랑하는 한국인의 한 사람으로서, 그리고 가치를 추구하는 철학자의 한 사람으로서 아낌없는 박수를 보내고 싶다.

볼 것, 들을 것

코로나로 인한 모임 인원 제한이 조금 풀리면서 교외의 한 오픈 카페에서 오랜만에 친구들이 다시 만났다. 그중 한 친구가 선글라스를 끼고 나타났다. 보스턴에서 잠시 지낼 때는 익숙한 모습이었는데 서울에서는 그게 주목을 끈다. "와, 멋있는데⋯", "오, 웬일이야?" 제가끔 한마디씩 했다. 그 친구는 쑥스러운 듯 안경을 벗으며 "멋 내려는 게 아니라, 시력 보호 차원에서⋯" 하고 해명을 한다. 눈이 시려 안과에 갔더니 조심해야 한다며 선글라스를 권했다는 것이다. "요새 스마트폰을 너무 자주 봤는지⋯" 하며 설명도 곁들인다.

'난들⋯' 요새 그거 안 보고 사는 사람이 어디 있나. 여기 저기서 의사들 말을 인용해가면서 안 좋다 안 좋다 하지만 나도 아침에 눈 뜨자마자 그리고 저녁에 잠들기 직전까지 그 녀석을 들여다본다. 마누라의 핀잔도 아랑곳없다. 그 조그만 폰 안에 볼 것이 무궁무진이다. 뉴스는 기본이고 카톡도 봐야 하고 페북도 봐야 하고 유튜브도 봐야 하고, 내 경우는 북경에 살다 온 후 틱톡도 보고 있다. 그 시간이 만만찮다. 눈에 부담이나 무리가 안 올 리 없다. 큰 탈이 안 나면 그나마 다행이다.

어디 스마트폰뿐인가. 요즘 젊은이들은 이미 좀 다르다고는 하던데 우리 세대에겐 아직도 TV가 기본이다. 신문도 본다. 나는 구독을 끊은 지 좀 오래지만, 정년 후엔 다시 볼 생각도 없지 않다. TV도 요즘은 공중파만 보는 이는 거의 없다. 케이블이나 위성이나 IPTV나 하여간 채널이 500 단위를 넘어간다. 역시 나는 안 보지만 별도의 야릇한 유료 채널도 있는 것 같다. 그리고 요즘은 기술이 발달해 유튜브도 PC가 아니라 TV로 볼 수가 있다. 역시 나는 아직 본 적이 없지만, 주변 사람들은 대부분 넷플릭스도 보는 모양이다. 그게 화제가 되면 나는 입을 다물게 된다. 엄청 재밌는 게 많다고 한다. 하여간 볼 게 너무 많아 눈이 쉴 틈이 없다. 아주 어릴 적 학교 마당에서 '활동사진'을 보던 때와 비교하면 세상이 변해도 너무 변했다. '볼거리'에 관한, 거의 혁명의 역사라고 해도 과언이 아닐 지경이다. 아 참, 영화도 빠뜨릴 수 없겠다. 볼거리의 왕이다. 지금은 다들 파일로 내려받아 보는 모양이지만 한때는 비디오와 DVD가 우리의 눈을 유혹했다.

한편 '들을 것'은 또 어떤가. 우리의 귀도 만만치 않게 바쁘다. 눈에 비해 상대적으로 좀 덜 드러나지만, 지하철에서 요즘 젊은이들을 보면 소위 '에어팟'을 귀에 꽂지 않은 친구가 오히려 드물 정도다. 폰 속의 소리도 천태만상이긴 하겠지만, 가장 기본은 아마도 노래를 포함한 음악일 것이다.

우리 세대는 라디오와 함께 인생을 시작했다. 거기서 흘러나오던 이미자의 '동백아가씨', 남진의 '저 푸른 초원 위에', 나훈아의 '해변의 여인' 등등이 아직도 귓가에 아련하다. 그러다 전축이 등장했다. 나는 그게 우리 집 안방 윗목에 처음 들어오던 날의 감동을 기억한다. 집에서 영화를 볼 수 있는 '테레비'라는 신기한 물건을 사오겠다고 서울에 갔던 아버지가 테레비 대신 전축이라는 걸 사 오신 것이다. 서울에 가보니까 테레비가 있긴 있는데 정작 그 방송이 서울에서만 나와 우리 시골에서는 있어도 방송을 볼 수가 없다는 것이다. 아쉬웠다. 그러나 그 대신 사온 그 전축이란 것도 경이로운 물건이었다. 더욱이 그건 궤짝만 한 크기의 독일 지멘스사 제품이었는데 LP판을 얹고 버튼을 딸깍 누르기만 하면 그다음은 모두 자동이었다. 거기서 언제든 엄마가 좋아하던 '동백아가씨'와 '아마다미아'를 들을 수 있었다. 세상 신기했다.

그리고 내가 고향을 떠나 서울의 중학교로 진학한 직후 1960년대 말, 가을 소풍 때던가? 좀 '놀던' 그리고 좀 '살던' J라는 친구가 포터블 전축이라는 걸 가지고 와 분위기를 발칵 뒤집어놓았다. 우리는 단풍 든 나무 그늘 아래서 '고고'를 틀어놓고 신나게 몸을 흔들어댔다. 수줍은 범생이었던 나는 그냥 얌전히 앉아 듣기만 했지만…. 그러다가 1970년대, LP판이 어느 샌가 카세트테이프로 바뀌었다. 녹음을 하고 재생을 하고… 그건 내 청춘의 일부였다. 양희은, 박인희, 송창식, 윤형주, 이장희, 조영남, 김세환, 이수만, 김민기 … 비틀즈, 사이먼 앤 가펑클, 카펜터즈, 엘비스 프레슬리 … 잊을 수 없는 이름들이다. 클리프 리처드가 서울에 왔을 땐 이화여대 강당이 아주 난리도 아니었다. 팝송과 포크송의 전성시대였다.

그다음, 소니 워크맨의 출현은 가히 혁명이었다. 그건 손예진과 조승우의 저 명작 영화 〈클래식〉에도 중요 소품으로 등장한다. 우리는 그게 영원할 줄 알았다. 그런데 세상에! 디지털 세상이 되더니 CD가 그것을 대체했고, 그것도 잠시, 이번엔 MP3라는 게 나타나 순식간에 그 CD조차도 퇴장시켰다. 그 많던 LP판은 언젠가 이사하면서 정리했지만 내 서재엔 아직도 수십 개의 카세트테이프와 CD들이 속절없이 먼지를 뒤집어쓴 채 수년간 말없이 기약 없는 주인의 '재생'을 기다리고 있다. 나는 아직도 KTX를 탈 때 애플의 첫 MP3 '아이팟'을 애용하고 있지만, 주변에선 거의 목격할 수가 없다. 그것도 통째로 다 스마트폰 속으로 들어갔다. 이제는 다 '스트리밍'이고 소유를 원하는 사람들에겐 '파일'로 거래된다. 이거야말로 듣기의 최종 형태가 아닐까 지금은 생각하지만, 지금까지의 경과를 보면 앞으로 또 어떤 기상천외한 형태로 진화할지 짐작도 되지 않는다.

1950년대 말 1960년대 초, 라디오 주변에 온 식구가 둘러 앉아 라디오 연속극 〈하숙생〉과 〈안델마트의 불고기집〉을 듣던 때가 아련히 떠오른다. 구성진 최희준의 주제가와 함께 그건 정말 훌륭한 '들을 거리'였다. 그 소리들과 함께 우리의 귀는 행복했다. 차중락과 배호는 '가을비 우산 속에' 이슬 맺힐 때 '낙엽 따라' 가버렸지만, 나훈아는 '테스형'과 함께 다시 돌아왔다. 유튜브에서 다시 만난 그였지만 반가웠다. 그걸 들으며 지난 세월의 역사가 주마등처럼 지나갔다. '그때'와 '지금'의 엄청난 변화…, 격세지감을 확실하게 느꼈다.

그러나 그렇기에 나는 오히려 더욱 확실하게 알게 된다. 그 기계와 수단이 아무리 달라져도 그게 들려주는 소리와 귀는 전혀 변함이 없다는 것을. 그 다름과 같음 속에서 나는, 역시 철학자답게, 변함없는 진리의 얼굴을 얼핏 본 것 같은 느낌이 든다. 세월이 변해도 변하지 않는 것은 분명히 있다. 이를테면 '사람들은 나면서부터 보는 것을 좋아한다'는 것. 아리스토텔레스가 《형이상학》에서 알려준 진리다. '듣는 것을 좋아한다'도 마찬가지일 것이다. 2천 수백 년이 지나도 변함이 없다. 그런 진리, 그것을 보는 눈과 그것을 듣는 귀를 사람들이 부디 잊지 말았으면 좋겠다.

'요즘 젊은것들'

운동도 할 겸 머리도 식힐 겸 수업과 회의가 없는 오후 시간에 자주 교정을 한 바퀴 돌며 산책을 즐긴다. 생활관에서 학군단 쪽으로 향하는 호젓한 산비탈 길을 내려오는데 맞은편 저만치서 남녀 학생 두 명이 걸어왔다. 손을 잡고 있었다. 딱 봐도 CC? 그런 것 같았다. 무의식적으로 시선이 마주치지 않도록 고개를 돌리고 먼 산을 쳐다보았다. 혹시나 걔들이 민망해할까 봐서. 일종의 배려? 아마도. 그런데 웬걸. 나를 의식하는 기미는 1도 없었다. 완전 0이었다. 내가 마치 투명인간 같았다. 허연 머리만 봐도 노교수인 건 명약관화할 터. '우리 때 같으면…, 하여간 요즘 젊은것들…', 순간 그런 생각이 스쳐갔다. 물론 나는 꽉 막힌 꼰대가 아니라 자부하는 터라 그런 생각이 들면서도 속으론 미소가 지어졌다. '좋~을 때다' 그런 생각도 스쳐갔다. 그 모든 게 1초도 안 되는 순간이었다. 그들이 내 뒤로 지나가 시선에서 사라진 후 이런저런 상념들이 떠올랐다. 뭐, 산책 중이니 당연한 일.

연상되는 장면이 하나 있었다. 벌써 10년도 더 된 것 같다. 어느 날 학과의 선배 교수 L이 수업을 마치고 잠깐 내 연구실에 들러 차를 한잔하며 잡담을 나누다가 이런 얘기를 했다. "방금 4층에서 수업을 마치고 계단을 내려오다가 내 참기가 막힌 걸 봤다." "뭔데요?" "글쎄 계단에서 여학생 하나가 남학생 하나를 계단 아래 칸에 세워두고 꿀밤으로 머리를 콕콕 쥐어박고 있더라. 내가 지나가는데도 본 척도 안 하더라. 한마디 할라 카다가[하려다가] 꼰대 소리 들을까 봐 꾹 참고 그냥 내려왔다만, 참 요새 아아들[아이들]…." L교수는 혀를 끌끌 찼다. 물론 웃으며 하는 소리다. "잘~하셨습니다." 나도 웃었다. 한마디 더 보탰다. "사하라 사막에서 발견된 3천 년 전의 파피루스에 적혀 있었다지요? '요즘 젊은것들은 하여간 버르장머리가 없어 큰일'이라고." 하하 같이 웃었다.

오늘 내가 본 개들도 그때 선배 교수가 본 개들도 '버르장머리'와는 별 상관없다. 그냥 우리 때와 좀 다를 뿐이다. 남녀칠세부동석이니 남녀유별이니 하던 조선시대도 아닌데 그게 뭐 큰일 날 일도 아니다. 아는 체나 인사를 안 하는 것도 같은 과 교수가 아니면 그럴 수 있다. 물론 우리 때와 다른 건 틀림없다. 하지만 그뿐. 나는 오늘 본 개들의 그 거리낌 없는 자유분방함과 그때 선배 교수가 본 개들의 그 남녀 '무'

별이 오히려 좋게 느껴지기도 했다. 더욱이, 자주 듣는 말이지만, 서울 아이들에 비해 이곳 지방 아이들은 상대적으로 더 순진하고 착한 면도 있다. 그러니 그저 단순히 '요새 젊은 것들'만의 문제도 아닌 것이다. '버르장머리'만의 문제도 아닌 것이다.

나는 '요즘 젊은것들'을 대충은 안다. 저들이 처한 삶의 현실이 녹록지가 않다. 저들은 어릴 적부터 과외나 경쟁에 시달리며 인생을 시작했다. 알다시피 공정도 사라지고 이른바 '계층 이동 사다리'도 사라졌다. 그토록 열심히 과외를 하고 시험공부를 하고 스펙을 쌓고 해도 취업의 문은 대입의 문보다 더욱 좁다. 요행히 취업이 돼도 집값은 천정부지로 치솟아 '내 집'의 꿈은 요원하다. 그래서 소위 3포, 4포, n포, 다포 같은 사회적 현상이 생겨나고 심지어 '헬조선'이란 말까지 나왔다. 그게 '요새 젊은것들'의 적나라한 현실인 것이다. 그런 애들에게 어떻게 '나 때는, 우리 때는…' 어쩌고 하며 꼰대 같은 소리를 할 수 있겠는가. 'latte is horse(나 때는 말이야…)'라는 비아냥을 듣기 십상이다.

그런 와중에도 다들 나름 열심히 살아간다. 악착같다. n포자도 많지만, 무난히 졸업하고 무난히 취직하고 무난히 연애하고 무난히 결혼하고 무난히 아이 낳고 무난히 집도 사고 무난히 잘 살아가는 '요즘 젊은것들'도 적지 않다. 그러니 교정에서 남녀가 손을 잡고 걷는 게 무슨 대수겠는가. 여학생이 남학생의 머리를 콕콕 쥐어박는 게 무슨 대수겠는가. 게다가 그들은 더러 '우리 때'라면 생각도 못 했을 대성공을 거두기도 한다. 예외적으로 드문 일이기는 하지만 BTS 같은 '요즘 젊은것들'은 세계를 장악하기도 한다. [중립적으로 말하지만] 이준석 같은 '요즘 젊은것들'은 제1야당의 당대표를 거머쥐기도 한다. 예전에 DJ나 YS가 앉았던 바로 그 자리다. 아이유 같은 만능 재주꾼도 있다.

'요즘'이 언제든 '젊은것들'은 있기 마련이다. '요즘'이 언제든 꼰대들에게는 그 '젊은것들'은 못마땅하기 마련이다. 그들은 자기가 한때 '요즘 젊은것들'이었다는 사실을 잊고 있다. '개구리 올챙이 적 시절'을 모르는 것이다.

'라떼…'는 이제 더 이상 통하지 않는다. 큰 눈으로 그리고 따뜻한 눈으로, '요즘 젊은것들'을 바라보기로 하자. 그리고 저들의 등을 토닥이며 위로하고 격려하고 응원하기로 하자. 어쨌거나 젊은 저들이 있어 이 시대의 풍경이 그나마 좀 아름답지 않은가.

너 없이도

퇴임을 코앞에 두고도 보직을 수행하느라 바쁜 나날을 보내고 있다. 그런데 무슨 회의에서 '내년부터는…'이라는 전제로 한 중요한 의제가 논의되었다. 내년? 그때는… 나는 이미 이 학교에 없다. 순간 묘한 느낌에 사로잡혔다.

그러면서 갑자기 저 아득한 옛날 영화 〈마이 페어 레이디〉에서 여주인공 일라이자(오드리 헵번 분)가 부르던 노래의 한 구절이 떠올랐다. '당신 없이도(without you)'라는 노래다. 자기중심인 남주인공 헨리 히긴즈 교수(렉스 해리슨 분)를 멋지게 한 방 먹이는 노래인데 그 가사 중에 이런 게 있다.

[…]
There'll be spring every year without you
당신 없이도 해마다 봄은 올 거고

England still will be here without you

당신 없이도 영국은 계속 여기 있을 거고

There' ll be fruit on the tree

나무엔 과일이 매달릴 거고

And a shore by the sea

바닷가엔 백사장이 존재할 거고

There' ll be crumpets and tea without you

당신 없이도 케이크와 차는 있을 거고

[…]

Without your pulling it the tide comes in

당신이 끌지 않아도 밀물은 밀려올 거고

Without your twirling it the Earth can spin

당신이 돌리지 않아도 지구는 돌 수 있고

Without your pushing them, the clouds roll by

당신이 밀지 않아도 구름은 흘러갈 거고

[…]

I shall not feel alone without you

당신 없이도 난 외롭지 않을 거고

I can stand on my own without you

당신 없이도 나는 혼자 설 수 있어요

So go back in your shell

그러니 당신의 조개껍데기 속으로 되돌아가세요

I can do bloody well

난 엄청 잘할 수 있어요

Without you

당신 없이도

맥락은 물론 나의 경우와 전혀 다르다. 내가 묘한 느낌 속에서 이 말을 떠올린 것은 그저 '당신 없이도'라는 그 말의 울림 때문이다. "당신 없이도 학교는 잘 돌아갈 거야. 그런데 뭘 그렇게 걱정을 하시나. 적당히 하셔." 학교가 나한테 그렇게 말하는 것 같았다. 너무나 당연한 이야기다. 나 없이도 학교는 잘 돌아갈 것이다.

어디 나쁘이겠는가. 누구든 '퇴임' 앞에서 그런 느낌이 들 것이다. 그런데 그 말은 나에게 묘한 아쉬움과 안심감을 동시에 줬다. 그때 나는 분명히 없겠지, 잊히겠지 하는 아쉬움, 그리고 나 없이도 다들 잘해나가겠지 하는 안심감.

더러는, 내가 하던 역할을 대신해줄 수 있는 사람은 없을 거라고 말하기도 하지만, 그리고 그런 고마운 공치사가 살짝 기분 좋게 들리는 것도 사실이지만, 어차피 모든 것은 달라질 수밖에 없다. 나는 나갈 것이고 나 없이도 학교는 돌아갈 것이고 세상도 돌아갈 것이다.

이런 나날 속에서 나는 요즘 두 가지 생각을 하고 있다.

하나는, 차분히 마음을 정리하는 것이다. 나는 이제 곧 고요한 혹은 고즈넉한 세계로 물러나겠지만, 나 없이도 여전히 돌아갈 '이' 분주한 현실의 세계는 나 아닌 다른 누군가에게 그냥 믿고 맡기자는 것이다. 죽이 되든 밥이 되든, 어차피 내가 어찌할 수는 없으니까. 이왕이면 나보다 더 훌륭한 누군가가 내가 하던 이 역할을 이어받아 이왕이면 죽이 아닌 밥이 될 수 있기를 기대하면서.

다른 하나는, 씨를 뿌려두는, 혹은 묘목을 심어두는 것이다. 이건 지금 내가 할 수 있는 일이다. 가뭄이 들어 말라 죽지만 않는다면, 그리고 누군가가 나 대신 잘 가꿔준다면, 싹이 트고 무성히 자라 언젠가 열매를 맺을 수도 있을 것이다. 내가 없이도.

이런 생각들은 어쩌면 나중에 이 분주한 세상을 남겨두고 고요한, 아주 완벽히 고요한 저세상으로 가게 될 때, 더욱 절실해질지도 모르겠다. 어차피 해마다 봄은 올 거고, 지구도 계속 여기 있을 거고, 나무엔 과일이 매달릴 거고, 밀물은 밀려올 거고, 지구는 돌 거고, 구름은 흘러갈 거고, 사람들은 외롭지 않을 거고, 엄청 잘할 수 있을 테지만. 나 없이도.

100년 전, 100년 후

　나는 '인생론'이라는 교양과목을 10년 넘게 강의하고 있는데, 거기서 '삶의 장소로서의 국가 — 한국'이라는 것을 한 꼭지 꼭 다룬다.

　그런데 우리는 삶의 맥락에서 얼마나 '국가'라는 것을 생각하고 있을까? 아니, 그런 사람이 과연 우리 중에 있기나 할까? 무슨 소리. 누군가는 화를 낼 것이다. 각종 매체에서 국가를 입에 올리는 인사는 넘쳐난다. 아닌 게 아니라 그중에는 우러러볼 만큼 훌륭하신 분들도 적지 않다. 나를 포함해 많은 국민이 이런저런 인사들에게 기대를 걸고 있다.

　2019년, 아직 코로나가 시작되기 전의 북경에서 1년을 살았다. 자연스럽게 바다 건너 '저쪽'의 한국을 바라보는 시선을 갖게 되었다. 중국인들의 눈에 비친 한국은 제법 만만치 않았다. 저들의 '도우인(抖音, TikTok)'에 자주 등장하는 변동형 그래프들을 보면 한국은 1970년대부터 2020년대까지

무서운 속도로 그 순위를 치고 올라간다. GDP, GNI, 군사력 등 거의 모든 지표에서 한국은 지금 세계 상위권에 도달해 있다. (물론 그것들은 다 중국이 세계 1위 혹은 2위에 도달했음을 보여주기 위한 것이다. 참고로 일본은 여러 지표에서 대략 3위에 자리한다. 너나 할 것 없이 일본을 바라보는 우리의 시선은 특별할 수밖에 없다.)

그 그래프에 아예 등장도 하지 않는 1960년대를 지나, 1950년대, 1940년대로 차츰 거슬러 올라가본다. 1920년대, 지금으로부터 대략 100년 전, '유관순 누나'가 살던 그때 우리는 어땠는가? 누구나 다 안다. 우리는 그때 소위 '대일본제국'의 식민지였다. 우리는 그 '왜정'의 지배를 받으며 이른바 '위안부', '징용공'을 비롯해 무수한 사람들이 노예의 삶을 살고 있었다. 현실이다. 그 비극의 그림자는 아직도 이 나라에 길고 어두운 그림자를 드리우고 있다. 불과 100년 전이다. 김형석 교수님을 비롯해 그 시대를 현실로서 살았던 분들이 아직도 일부 현역으로 활동 중이다. 제국주의 일본의 악도 우리는 기억해야 하지만, 나라를 그렇게 말아먹은 당시의 못난 조상들도 우리는 기억해야 한다. 그때 그들은 얼마나 '국가'라는 것을 생각하고 있었을까? 아니, 그런 사람이 과연 그들 중에 있기나 했던 것일까?

이 100년간 우리에게는 많은 변화가 있었다. 이 변화는 무수한 사람들의 노력과 희생 위에서 성취한 것이다. 중국뿐 아니라 세계가 한국을 제법 높게 평가한다. 이 결과를 일구어낸 선배들에게 감사해야 한다.

그런데 우리는 우리 자신에게 물어봐야 한다. 지금 우리는 정말 그렇게 괜찮은 나라일까? 사람마다 입장마다 대답은 다를 것이다. 그러나 단호히 말하고 싶다. "아직은 아니다"라고. 우리는 이제 100년 후를 생각해야 한다. '세계 최고'인 100년 후를 목표로 설정해야 한다. 무슨 황당한 소리냐고? 아니다. 이것은 지금 우리가 하기에 따라 얼마든지 현실이 될 수 있다.

물론 우리는 '덩치'가 작아 양적으로는 미국, 중국, 유럽, 러시아 등과 게임이 되지 않는다. 인도도 그렇다. 그러나 '질적'으로는 얼마든지 저들을 능가할 수 있다. 여러 차례 강조했던 '질적인 고급국가'를 건설하는 것이다. 우리는 덩치가 작아 효율 면에서는 저들보다 오히려 유리할 수 있다. 삼성과 BTS를 비롯해 경제-문화 방면의 여러 인사들이 그 가능성을 증명한다. 그 분야를 넓혀가는 것이다. 싱가포르, 스위스 등 우리가 참고할 나라들도 많다. 칼-돈-손-붓(군사력-경제력-기술력-문화력)의 고급화가 관건이다.

우리는 제법 괜찮은 나라를 건설해왔다. 그러나 아직은 사회 곳곳이 엉망진창이다. 그 '저질'을 똑바로 직시하고 칼을 대야 한다. (나는 그 구체적인 세목을 졸저《국가의 품격》에서 피력한 바 있다.) 그래야 '시작'의 첫걸음을 내디딜 수 있다. 그런 '문제의 인식'이 없으면 100년 후의 세계 최고라는 꿈은 로켓도 연료도 없이 달나라에 가려는 것처럼 불가능하다. 그 시동의 키를 쥔 것은 이 글을 읽고 있는 바로 당신일 수 있다. 부디 누군가 깃발을 들어주기 바란다. 그게 정치인이라면 더욱 좋다.

어느 마이너스(−)가 말해주는 것

우리 시대의 현실 한 토막을 짚어본다. 우선 가까운 데서 부터.

2021년 부산경남 주요대학의 신입생 충원율이 일제히 마이너스를 기록했다. 국립대도 소위 거점대도 예외 없다. 경남의 한 사립대는 내년도 모집 정원을 무려 500명 이상이나 줄이기로 했다. 한편 창원시 의창구는 창원대와 인구 증대를 위한 협약을 체결했다. 대학 관계자가 아닌 사람에겐 별것 아닌 것처럼 들린다. 온갖 지원과 혜택에 룰루랄라 하는 서울−수도권 사람들도 그럴 것이다. 그러나 아니다. 보통 일이 아니다. 이 몇 줄의 소식은 창원시를 비롯한 지방의 인구감소, 지방대학의 위기, 지방의 몰락이라는 무거운 현실과 연결되어 있다.

부산경남만의 일이 아니다. 보도를 보면 모든 지방이 다 마찬가지다. 대학은 특히 그렇다. "벚꽃 피는 순서대로 지방

대학이 문을 닫을 것"이라는 말은 이제 거의 정설로 굳어져 누구나 다 받아들인다. 대학의 입학 정원보다 고등학교의 졸업생이 더 적은데 무슨 도리 있겠는가. "닥치는 대로 대학 설립을 인가할 때부터 이렇게 될 줄 알았지…" 하는 사람도 있지만, 이제 와서 그런 소리 해본들 아무 소용없다.

이 문제들의 근저에 한국의 인구감소가 가로놓여 있다. 왜 인구가 줄어드는가? 모두가 다 안다. 저출산 때문이다. 왜? 결혼을 안 하기 때문이다. 왜? 연애를 안 하기 때문이다. 이른바 3포(연애, 결혼, 출산 포기) 현상이 거기에 있다. 이는 취업, 양육, 인생 포기를 포함하는 n포, 다포로 연결된다. 인생에서 중요한 것을 하나씩 다 빼나간다. 총체적인 마이너스(−)다. 연애, 결혼, 자식, 이런 건 모든 좋은 것 중 가장 좋은 것들일 텐데, 왜 젊은이들이 이것을 포기하는가? 사는 게 힘들기 때문이다. 젊은이들도 다 안다. 연애도 결혼도 양육도 돈이 든다. 그런데 일자리 구하기가 하늘의 별따기다. 어렵사리 취직해서 돈을 모아도 알콩달콩 살아가기 위한 집을 살 수가 없다. 집값은 천문학적으로 치솟았다. 부동산이든 주식이든 코인이든 투기를 하지 않고서는 평생 월급을 모아도 집을 못 산다. 건전한 근로 의욕이 생길 리 없다. 가만히 있으면 본의 아니게 벼락거지가 된다. 요행히 취직을 해도 상사 및 회사의 갑질과 살벌한 경쟁이 기다린다. 한때 우리 귓가에 요란하게 들려왔던 이른바 '헬조선'이라는 말이 그런 현실을 상징한다. 세상이 지옥이라니…. 너무나 아픈 단어다. 그런 데서라도 꾸역꾸역 구차한 삶을 살아나가자면 푸르른 꿈 같은 건 줄여갈 수밖에 없다. 하나씩 하나씩 빼나가는 마이너스다. 삶의 수준도 당연히 낮아진다. 마이너스가 마이너스를 부른다. 악순환이다. 그 고리의 한 지점에 '미충원'과 '신입생 정원 감축'이라는 저 한 줄의 소식이 있는 것이다.

이 모든 문제들의 근본 원인은 무엇인가? 어떻게 해야 이 문제들을 해결할 수 있는가?

진단과 처방은 간단하지 않다. 그러나 답이 아예 없지는 않다. 우선 그중 한 가지.

일단은 정치다. 정치에서 답을 찾아야 한다. 이런 문제들을 해결하라고 있는 게 정치다. 일반적으로는 좀 덜 유명하지만 실은 공자 철학의 핵심도 바로 그런 것이었다. 그는 《논어》에서 40차례나 '정치(政)'라는 것을 언급한다. 그런데 정치란 무엇인가? "정치란 바로잡는 것이다(政者正也)"라고 그는 설명했다. 그때나 지금이나 이 말의 배경에는 '잘못된 현실'이 가로놓여 있다. 의기양양한 불공정, 편법, 요령 …. 무능하고 부패한 정치가 오늘날 이런 현실을 만들어놓았다. 그 유책자는 한두 사람이 아니다. 그런데 아이러니하게도 이 문제를 바로잡을 수 있는 것 또한 정치밖에 없다. 한때 제법 역할을 했던 언론과 교육도 이젠 거의 모든 기능을 상실했다. 언론인과 학자들 사이엔 냉소주의가 팽배해 있다. 아무도 그들의 쓴소리를 들으려 하지 않고 가슴에 담아두지 않는다. 그걸 행동에 옮기는 건 더욱 드물다. 당대에 무시당하는 건 어쩌면 가치 있는 언어들의 숙명인지도 모른다. 공자도 부처도 소크라테스도 예수도 다 그랬다.

그러나 희망은 있다. 누군가는 들어주리라. 언젠가는 들어주리라. 그 희망의 영토를 함 뼘씩이라도 늘려가면 된다. 어둠이 빛을 기다리듯이, 겨울이 봄을 기다리듯이, 마이너스도 플러스를 기다린다. 그렇게 국민들은 정책을 기다린다. '인간의 기본'을 다시 세우는 그런 꽃다운 정책을. 각론은 다양하게 있다. 인재도 많다.

마이너스와 플러스는 한 획 차이다. 똑바로 선 한 획. 정책을 입안하는 정치인들에게 이 말귀를 알아듣는 귀가 있다면 좋겠다.

뉴노멀 — 언택트

시대의 변화는 알게 모르게 진행되는 특성이 있다. 지나고 보니 '어, 어느새 바뀌어 있네?' 그런 것이다. 2021년의 현시점에서도 그런 걸 느낀다. 세상이 바뀌었다. 아직도 진행 중인 코로나19가 결정적인 계기의 하나로 작용했다. 그건 이를테면 정권의 교체나 초대형 사건(기후변화 같은 것) 못지않은 위력을 갖는다. 그걸 계기로 언택트니 뉴노멀이니 하는 말들이 등장했다. 이 말들은 현실을 충실히 반영한다.

뉴노멀이 된 그 언택트(untact: 비대면 비접촉)를 나도 자기 일로 경험했다. 이른바 실시간 화상강의다. 이것저것 여러 가지를 시도하다가 결국 '줌(zoom)'으로 낙착이 됐다. MS의 '팀즈(teams)'도 강력한 선택지의 하나다. 둘 다 엄청 편리하다. 2013년 미국에서 연구년을 보냈을 때는 '스카이프(skype)'의 신세를 톡톡히 졌고, 2019년 중국에서 연구년을 보냈을 때는 '웨이신(微信, 위챗)'의 신세를 톡톡히 졌다.

영상통화였다. (1980년대 일본에서 살았을 때는 말할 것도 없고 1993년과 1997년 독일에서 지냈을 때만 하더라도 그런 건 없었다. '전화'가 최선이었다.) '줌'은 거기서 한 차원 더 발전된 형태다. 강의 자료의 공유 등 실시간 강의에 불편이 전혀 없다. 60대 중반인 나도 그 사용에 하등의 어려움이 없다. 자유자재로 구사한다. 구글 클래스룸을 병용하니 굳이 학교의 LMS(Learning Management System: 수업 운영 체계)에 부담을 줄 일도 없다. '참 세상 좋~아졌다'고 늙은 교수들끼리도 화제로 삼으며 서로 웃는다.

PC도 스마트폰도 마찬가지다. 그것들도 지금은 완전 노멀인데, 슬그머니 어느 틈엔가 우리 생활 속 깊숙이 들어와 있다. 불과 수년 전만 해도 PC나 스마트폰이 이렇게 전 세계인의 일상용품이 되리라고는 상상도 못했다. 내가 유학을 떠났던 1980년만 해도 PC는 아직 생활 속에 없었다. 내가 처음 PC를 구입하고 도스를 공부하고 어설프게 키보드를 톡톡 치던 게 불과 엊그제인 1980년대 후반이었다. 이젠 PC나 스마트폰 없이는 삶이 불가능하다. 완전히 노멀로 자리 잡은 것이다.

줌이나 팀즈 같은 화상회의 툴도 아마 그럴 것이다. 하루 빨리 적응하고 익숙해져야 한다. 아직 이런 것에 거부감을 느끼는 분들도 주변에 없지는 않은데 그것은 근대 초기 시커먼 연기를 내뿜는 기차를 흰 눈으로 보며 우리 동네에는 절대 철길을 놓아서는 안 된다고 주먹을 쥐던 갓 쓴 양반네들과 별반 다를 것이 없다.

이것을 우리 생활 속에 끌어들인 건 아이러니하게도 입에 담기도 싫은 역병 코로나19였다. (나쁜 것이 좋은 것을 불러온 것이다.) 최근의 추세나 전망을 보면 이것도 아마 조만간 인간의 통제하에 놓일 것이다. 그러나 그 코로나가 지나가더라도 줌 등의 화상강의는 아마 뉴노멀로 확고히 자리잡을 것이 틀림없다.

단, 이런 문명의 이기들이 대부분 그렇듯, 세상에 좋기만 한 것은 없다. 빛은 반드시 그림자를 만든다. 줌 등이 만들 그림자는 아마 무엇보다도 사람과 사람 사이의 '거리'일 것이다. 화면으로만 보면 그 거리가 손에 닿을 듯하지만, 실제로 손이 '닿지는' 못하는 것이다. 그야말로 언택트다. 그게 한계다. 사람과 사람의 거리는 '닿을' 수 있을 때 비로소 '친밀'해질 수 있다. 가족과 친구 등이 바로 그런 거리인 것이다. 체온과 체취가 느껴지는 거리인 것이다. 사람과 사람의 관계는 마땅히 그런 것이어야 한다. 술잔과 술잔이 맞닿아 '쨍' 소리가 나야 제대로 술맛이 난다. 손을 잡을 수 있어야 하고 허그를 할 수 있어야 비로소 사람의 관계인 것이다.

화면에서 아무리 예쁜 꽃을 피워도 그 향기가 내 코에 닿지 않으면 그건 아직 진짜 장미도 아니고 진짜 백합도 아니다.

줌이든 팀즈든 그게 우리에게 '좋은' 것임에는 틀림이 없다. 그러나 어떤 경우에도 우리가 포기할 수 없는 것, 포기해서는 안 될 것이 바로 '콘택트(contact)' 즉 거리 없는 '맞닿음', '접촉'이라는 사실은 잊지 말자. 나는 줌 화면에서 초롱초롱한 눈빛으로 내 강의를 들어준, 그리고 대화에 응해준 저 기특한 학생들에게 내 따듯한 36.5도의 손으로 어깨를 툭툭 치며 칭찬을 해주고 싶다. 아, 여학생은 빼고. 그러면 큰일 나니까.

뭐 하고 노세요?

일과처럼 뉴스를 기웃거리다가 "'나흘째 매출 1위' 오딘, 리니지 천하 흔들었다… 4년 만에 지각변동"이라는 제목이 눈에 들어왔다. 자세히 읽지는 않았지만 언뜻 들여다보니 "국내 모바일 게임계의 '왕좌'가 바뀌었다. 카카오게임즈의 신작 '오딘: 발할라 라이징'(오딘)이 부동의 1위 '리니지M'을 밀어내고 나흘째 구글플레이 매출 1위를 유지… 업계에선 4년간 매출 1위를 지켜온 리니지의 시대가 저물고 '오딘'의 시대가 도래하는 게 아니냐는 기대감까지 나온다."라는 기사가 앞부분을 채워나갔다. 리니지라는 걸 바람결에 들어본 것 같기는 한데 어떤 건지 감도 잘 잡히지 않는다. 오딘은 말할 것도 없다. 앞으로도 70 가까운 내가 그걸 가지고 놀 일은 없을 것 같다.

성장기에 비록 '범생이' 소리를 듣기는 했지만 나라고 노는 걸 싫어하지는 않는다. 노는 걸 싫어한다면 그건 아마 인간이 아닐 것이다. 내가 존경하는 공자, 부처, 소크라테스, 예수 같은 분들은 어땠는지 잘 모르겠다. 내가 아는 범위에서 그분들이 노는 것에 대해 특별히 언급한 건 없는 것 같다. 그러나 나는 그분들의 경지가 아니기에 평범한 한 철학자로서 인간이 '호모 루덴스(homo ludens: 유희적 인간)'임을 인정하며 '놀이'라는 것을 높이 평가한다. 내가 강의하는 교양 '인생론'에서는 삶의 행위들에서 일과 놀이를 기본 양대 축으로 강조하기도 한다. 우리 인간을 논할 때, '논다'는 것을 배제한다면 그 인간은 아마 반쪽짜리로서 기우뚱할 수밖에 없을 것이다.

그런데 이 놀이의 종류랄까 방식이라는 것은 정말 천차만별 다양해서 '놀이의 역사' 같은 것을 짚어볼 필요도 있을 것 같다. 과거를 돌아보며 그것을 짚어보는 것 자체가 하나의 놀이가 될 수도 있지 않을까? 그렇게 잠시 놀아보자.

누구에게나 그렇겠지만 어린 시절의 놀이는 평생의 추억으로 남는다. 대학 시절 언젠가 또래들과 함께 어릴 적에 했던 놀이들을 회상하며 노트에 적어본 적이 있었다. 지금은 그 노트도 사라지고 거기 적혔던 항목들도 상당수가 기억에서 희미해졌지만, 저물녘까지 놀던 술래잡기, 병정놀이를 위시해서 학교 마당에서 돌멩이를 가지고 놀던 돌맞추기, 땅따

먹기, 닭모가지, 연날리기, 자치기, 팽이치기, 사방치기, 말뚝박기(말타기놀이), 딱지치기, 구슬치기, 제기차기 … 정말이지 엄청 많았다. 아우구스티누스의 《고백》에 '나쁜 짓'으로 등장하는 과수원 '서리'조차도 당시로서는 놀이였다. (여자애들은 소꿉장난, 인형놀이, 고무줄놀이, 공기놀이, 손뜨개질놀이, 무궁화꽃이 피었습니다, 그런 것도 있었다.) 대체로 자연친화적이었다. 얼음땡 같은 건 한참 나중이었다. 이런 놀이들을 친구들과 함께 하면서 우리는 이른바 '사회성'이라는 것도 조금씩 배워나갔다. 혼자 놀 수 있는 건 거의 없었으니까. 그래서 우리의 인생은 그 시절 '국민학교' 1학년 국어 교과서에 나왔던 것처럼 "영희야 놀자, 철수야 놀자" 같은 말로 시작되었다. 그렇게 놀이는 어린 시절의 '인생'이었다.

중고등학교에 진학하면서 그 놀이의 양상도 많이 달라졌다. 피구, 탁구, 농구, 축구, 야구, 하키 (그리고 당구) 등 공으로 노는 스포츠가 놀이의 주류가 되었고 이른바 '고고'로 불렸던 그리고 그후 '디스코'로 불렸던 춤이, 그리고 통기타로 상징되는 포크송과 팝송이 그 놀이의 공간에 성큼 들어왔다. 카드놀이나 화투놀이는 기본이었다. 그러다가 1970년대 이후였던가, 동네 여기저기에 '게임센터'라는 것이 들어서기 시작했다. 신천지였다. 초기에는 실내축구나 두더지잡기, 강펀치 등도 인기를 끌었지만 점차 삐융삐융하는 이른바 '전자

오락'이 그것들을 대체해나갔다. 그 '게임센터'는 저 유명한 영화 〈백투더퓨처〉에서 1980년대의 한 상징으로 활용되기도 했다. 유원지나 놀이동산 같은 것도 그 시대의 풍경에 함께 있었던 것 같다.

그러다가 1980년대 중후반, PC의 보급과 함께 놀이는 급속도로 그 속으로 빨려 들어갔다. '컴퓨터 게임'이라는 이름으로. 초창기에 폭발적 인기를 누렸던 테트리스를 필두로 퐁, 커맨더킨, 레밍스, 그리고 무수한 롤플레잉 게임들…. 나도 파란 화면의 도스 시절 한때 그 모든 것을 두루 섭렵했다. 그 이후 닌텐도의 슈퍼마리오, 포케몬 등 일본 게임도 크게 유행했다. 그리고 누구나 다 아는 스마트폰 게임들….

그러던 것이 이윽고 저 스타크래프트와 리니지로 진화한 것이다. PC와 스마트폰을 넘나들며 그것들은 우리 세대를 떠나갔다. 이제 우리 아재들은 그 세계에 접근하기조차 쉽지 않다. (남은 건 이제 노래방이나 홀라 정도일까?) 앞으로도 '게임'의 세계는 천문학적인 자본의 투입으로 덩치를 키우면서 상상초월의 혹은 기상천외한 세계를 만들어갈 것이다.

문득 흙투성이로 놀던 어린 시절이 아련히 떠오른다. 지금도 술래잡기를 하며 노는 어린이가 있는지 모르겠다. 어린 시절 함께 그런 놀이를 즐기던 친구들은 이제 다들 손주 보느라 놀 틈이 없다. 가끔씩 만나 투덜투덜 혹은 자랑 삼아 그런 이야기로 수다를 떨며 일선을 물러난 우리 친구들은 여전히 원시적으로 놀고 있다.

그런 한편 나는 어쩌다 '원장'이라는 직함을 달고 연일 회의에 참석한다. 의전이라는 이름으로 직에 따라 자리의 배치도 달라진다. 세상도 그렇게 돌아간다. '장' 자리를 둘러싸고 세상 구석구석이 늘 시끌벅적하다. 문득 어린 시절의 그 병정놀이가 떠올랐다. 근본 구조는 별반 다를 바가 없다. 일과 놀이라는 게 사실 완전히 분리된 별세계만은 아닌 것 같다. 중요한 것은 그 놀이라는 것이 우리네 삶에서 절대로 별것 아닌 게 아니라는 사실이다. 모든 인간은 놀면서 인생을 살아간다. 엄중한 진실이다.

정년퇴임을 축하한다며 불려 올라간 단상에서 '한마디'를 해달라기에 '몇 마디'를 한 뒤 "원 없이 강의하고 원 없이 책도 내고 여러 나라 돌아다니기도 하고, 하여간 34년간 잘~ 놀다 갑니다. 그동안 같이 놀아주셔서 감사합니다." 하고 인사말을 맺었다. 그렇게 인생의 한 페이지를 넘겼다. 언제가 될지는 모르겠지만 이 세상을 떠날 때도 나는 그 말을 남기고 가고 싶다. 마지막까지 잘 놀아야겠다.

마스크

철학자로서 마스크에 대해 한마디 해야겠다. 오늘 아침 출
근길, 운전자와 보행자를 포함해 눈에 들어온 사람들이 아마
도 수십 명은 되었을 것이다. 그중 마스크를 착용하지 않은
사람은 남녀노소 가릴 것 없이 단 한 명도 없었다. 코로나 창
궐 이후 1년 수개월, 이젠 일상이 된 풍경이다. 누구나 그러
려니 한다. 그러나 이 '기괴한' 현상이 정상은 아니라는 것을
상기할 필요가 있다. 이건 비단 오늘 아침 나의 출근길에만
해당하는 것이 아니다. 전 세계 77억 인구 대부분이 지금 마
스크를 착용한다. 말도 안 되는 일이 엄연한 현실이 되어 있
다. 당면한 현실이니 지금은 아직 잘 모르지만, 이 '코로나
팬데믹'은 아마 먼 훗날 틀림없이 세계사의 한 페이지에 기
록되어 있을 것이다. 발생국가 몇 개국, 환자 몇 명, 사망자
몇 명 같은 기록적 숫자와 함께. 100년 전의 누군가가 타임
머신을 타고 와 전 세계 모든 인간들이 마스크를 쓰고 다니

는 지금의 이 장면을 목격했다고 가정해보자. 이 얼마나 기괴할 것인가. 1960년대 초에 읽었던 어느 공상과학 소설의 한 장면이 자연스럽게 떠오른다. 거기서도 미래의 사람들이 다 방독면을 쓰고 있었다.

이 엄청난 사태의 와중에 누군가는 마스크를 생산해 떼돈을 벌고 부자가 되기도 한다. 그런 게 일종의 성공담이나 무용담처럼 유포되어 화제가 되기도 한다. "전쟁통에도 떼돈 벌어 부자가 되는 사람은 있다더라…." 사람들의 관심은 그런 것을 향한다. 한때는 생산이 모자라 특정 장소에서 한정된 수량밖에 살 수가 없고 그래서 구매를 위해 긴 줄이 생겼다는 둥 그 수급이 톱뉴스가 되기도 했다. 그런데 이런 말도 안 되는 일이 버젓이 우리의 현실이 되었는데 정작 이 사태 자체에 대해, 그 원인에 대해, 정면으로 '왜'라는 물음을 던지는 담론은 왜 이토록 들리지 않는 걸까? 나는 철학자로서 고개를 갸우뚱하게 된다. 예전 같으면 '임금의 부덕' 운운하며 천제라도 지냈을 일이건만. 그런 엉터리 원인이라도 찾았을 일이건만.

물어보자. 왜 우리는 마스크를 쓰고 생활해야 하는가? 아니 왜라니? 그걸 몰라? 코로나 때문이지. 그리고 미세먼지 때문이지. 황사 때문이지. 대답은 간단하다. 그러나 그걸 누가 모르나? 이 시점에서 우리가 물어봐야 할 것은 왜 코로나바이러스가 하필 지금 이 시대에 팬데믹이 되었는지, 왜 거대한 미세먼지와 황사가 발생해 우리가 숨도 제대로 못 쉬게 되었는지, 그런 '문제의 원천'이다. 그걸 짚어봐야 하는 것이다.

마스크는 우리에게 적어도 세 가지 사실을 알려준다. 첫째는, 바이러스가 창궐하기 좋은 환경을 우리 인간이 만들어주었다는 것, 둘째, 미세먼지를 우리 인간이 만들어냈다는 것, 셋째, 사막화라는 기후 변화를 우리 인간이 일으켰다는 것, 이 세 가지다. 모두 우리 인간이 저지른 짓이다. 그건 분명하다. 이걸 직시하지 않으면 안 된다.

좀 더 구체적으로 말하자면, 복작거리는 도시화와 국제화다. 그리고 고도의 산업화와 그로 인한 지구온난화다. 그 바탕에는 '인간 vs 자연'이라는 대결 구도가 가로놓여 있다. 이런 구도는 인간이 자연을 대상(Gegenstand: 적대적으로 맞서 있는 것)으로 규정하면서부터 시작되었다. 이런 건 이미 친숙한 화두다. 논의도 될 만큼 되었고 관련 연구도 쌓여 있다. 그런데도 문제 해결의 기미는 보이지 않는다. 그건 또 왜일까?

문제 해결의 의지가 없거나 약하기 때문이다. 아니 왜? 그건 이 문제가 '너희들의 문제'이지 '나의 문제', '우리의 문제'가 아니라고 생각하는 세력들이 있기 때문이다. 그리고 대체로 그런 자들이 지금 칼자루를 쥐고 있기 때문이다. 문제 해결을 외치는 쪽은 대체로 작고 적고 그리고 약하다. 문제 해결을 꺼리는 쪽은 대체로 크고 많고 그리고 강하다.

문제를 일으키는 쪽을 유심히 들여다보면 거기엔 '돈'이 있고 '욕망'이 있다. '이익'이 있다. 그들은 이 문제까지도 이용해 더욱 막대한 돈을 번다. 마스크와 백신이 대표적이다. 돈, 욕망, 이익, 그건 지금 이 시대, 양보할 수 없는 최우선적 가치에 속한다. 양나라 혜왕에게 "하필왈리(何必曰利: 왜 하필 이익을 말씀하십니까)" 하고 이의를 제기했던 맹자의 철학 따위는 지금 완벽하게 무력하다. 더욱이 그 배후에는 부자가 있고 국가가 있다. 특히 거부들과 강대국들이다. 그들이 이걸 포기하지 않고 있고, 더욱이 대립하고 있기 때문에 문제의 해결이 간단치 않은 것이다.

그렇다고 문제 해결을 포기할 수는 없다. 마스크를 쓰는 게 언제까지나 정상이어서는 안 되는 것이다. 문제를 문제로서 인식해야 한다. 그것을 도마 위에 올려야 하고 화제로 삼아야 한다. 그리고 전 인류적인 차원에서 원인을 찾고 그 근본적인 문제 해결을 시도해야 한다. 이건 백신과 치료제의 개발 못지않게 중요하다. 그 깃발을 드는 것이 철학의 역할이다. 그래서 나는 철학자로서 이 시대를 향해 묻는다. "우리는 왜 마스크를 쓰게 되었는가? 그 원흉은 누구인가? 어떻게 하면 마스크를 벗을 수 있는가?" 나는 메아리를 기다린다.

버릴 것, 남길 것

　기대컨대 공감하는 분들이 많았으면 좋겠다. 무엇을 버리고 무엇을 남길까 하는 이야기다.

　정년퇴임을 앞두고 고민이 깊어지고 있다. 30 수년간 쓰던 연구실을 비워야 하는데, 책이 문제다. 어림잡아 천 권은 족히 넘어 보이는데, 이걸 집으로 가져갈 수가 없다. 좁은 집에 이걸 둘 장소가 마땅찮은 것이다. 그렇다고 이걸 옮겨 둘 개인 연구실을 마련하기도 쉬운 일이 아니다. 도서관에 기증이라도 하면 좋겠는데, 요즘은 도서관에서도 잘 받아주지를 않는다고 한다. 예전처럼 헌책방에 내다 팔 수도 없다. 수십 권에 달하는 복사본 외국어 전집류는 더욱더 그렇다. 그렇다고 이걸 폐지로 버리기에는 그 내용들이 너무 아깝다. 받아주겠다는 외국어 원서 일부는 도서관에 기증하고 또 일부는 후배 교수와 대학원생에게 선사하고 일부는 과감하게 쓰레기로 버렸다. 그래도 아직 수백 권이 남아 있다. 이걸 어쩔 것인가?

고르고 골라 일부는 결국 집으로 옮겨야 하고 일부는 버릴 수밖에 없다. 그렇다면, 도대체 어떤 걸 버리고 어떤 걸 남길 것인가? 기준이 필요하다. 이미 버리겠다고 한쪽 구석에 산더미처럼 쌓아놓은 것들을 다시 봤다. 우선 '학술지'를 포함한 '논문집'이 눈에 띈다. 교수 생활을 하는 동안 정부와 대학 당국이 가장 강조하던 것이다. 나 자신 수십 편의 논문을 썼고 수백 편의 논문을 읽었다. 절대적인 것은 아니지만 나는 개인적으로 논문이라는 형태의 이 글쓰기를 그다지 선호하지 않는다. 특히 내가 전공하는 철학에서는 이게 왜 필요한지 도무지 납득할 수가 없다. 버려도 전혀 아깝지가 않다. 그다음, '교과서', '개론서', '입문서', '해설서', '연구서' 등이 눈에 들어온다. 한때 신세를 졌던 책들이지만, 아무리 생각해도 이걸 퇴임 후에 다시 읽게 될 것 같지는 않다. 각종 '잡지'들도 그렇다. 동료와 지인들이 '증정'해준 책들도 마찬가지다. 나의 '관심 분야'라면 고민을 해야겠지만, 그런 건 거의 없다. 특히 정성스레 본인이 서명까지 해준 것들은 사실 그런 민폐가 없다. 본인에게 미안해 그걸 일일이 뜯어내고서 버려야 하기 때문이다. 그런 건 남에게 주기도 조심스럽다. '전집류'도 버려야 할 것에 포함된다. 한때는 그게 무슨 대단한 학문적 업적처럼 여겨지기도 했었는데, 요즘 그런 걸 '쳐주는' 사람은 아무도 없다. 읽는 사람도 거의 없다. 비싼 돈 들여 만들 필요가 없는 것이다. 비싼 돈 들여 살 필요는 더더욱 없다. 이런 것들만 버려도 상당히 홀가분해진다.

자, 그러면 이제 무엇을 남길 것인가? 박스를 준비해 하나씩 넣기 시작했다. 우선 본인이 쓴 책들을 넣었다. 제법 많다. 애착이 있어 그건 차마 자기 손으로 버릴 수가 없다. 그리고 동서고금을 막론하고 철학자들이 직접 쓴 원서들과 그 번역본들을 넣었다. 기본적으로 그건 '작품'이다. 내가 평소에 학생들에게 강조하던 바다. 이런 건 '언젠가 읽을 날이 있겠지' 하는 기대가 있다. 그건 최소한의 '교양'이라고 하는 나 나름의 평가도 있다. 그다음, 내가 '재미있게' 읽었던 책들이다. '재미'는 굳이 설명이 필요 없는 기준의 하나가 된다. 이를테면 《철학자의 사생활》, 《철학의 뒤안길》 같은 것도 그중 하나다. 그리고 딱딱하고 재미없더라도 내게 '인상적'이었던 책들도 있다. 인상적인 문장이 적혀 있는 것들…, 이를테면 고형곤의 《선의 세계》도 그중 하나다. 나는 학부 시절 거기서 "맹구우목"이라는 말과 "견산시산…"이라는 인상적인 말을 만났다. 비슷하지만 '추억'이 있는 책들도 남기기로 했다. 학부 시절 한때 몰입했던 박종홍의 《철학개설》과 조가경의 《실존철학》도 그중 하나다. 추억이란 그 자체로 인생의 한 소중한 자산이 되기 때문이다. 그리고 '실용적'인 책들도 있다. 이를테면 《그리스어 입문》, 《라틴어 입문》, 《범어[산스크리트어] 입문》 그런 책들도 그중 하나다. '사진집'들도 버리지는 않을 것 같다. 이를테면 철학자들의 사진 자료가 많은 'rororo문고'와 독일에서 사온 '하이데거 사진집'도 그중 하나다.

아직도 나의 짐 싸기는 진행 중이다. 도중에 마음이 바뀔 수도 있다. 어떤 것은 쓰레기더미에서 다시 박스 안으로, 또 어떤 것은 박스에서 쓰레기더미로 옮겨질 수 있다. 그러나 많지는 않을 것이다.

나는 이런 기준을 공유하고 싶다. 이런 기준은 지금 나에게는 '버리기 위한' 기준이지만, 누군가에게는 '사기 위한' 그리고 '쓰기 위한' 기준이 되었으면 좋겠다. 작품, 교양, 재미, 인상, 추억, 실용, 사진 … 이런 단어들이 갖는 '힘'을 누군가 철학적인 주제로 음미해줄 수는 없을까? 기대해본다.

한마디만 더. 이런 기준은 비단 책에만 적용되는 것은 아니다. 직장이 아니라 이 세상을 떠날 때, 그때도 우리에게는 버릴 것과 남길 것이 하나의 과제로서 주어질 것이다. 후대를 위해 아무짝에도 쓸모없는 것들, 혹은 해로운 것들, 그래서 어차피 버려야 할 것들은 지금부터 미리미리 버려야 할 것 같다. 아니, 아예 만들지를 말아야겠다. 역사의 눈이 날카롭게 우리의 선별을 지켜보고 있다. 우리 사회에는 버려야 할 것이 너무 많다.

전기

　너무나 유명해 아마 식자들 치고 모르는 사람이 없겠지만, 토마스 쿤이 쓴《과학혁명의 구조》라는 것이 있다. 이른바 '패러다임(paradigm)'이라는 너무나도 유명한 개념을 유포시킨 원점이 되는 책이다. 전문적인 내용을 담고 있어 따분할 수도 있으므로 이것을 학문적으로 논하는 것은 자제하지만, 그 핵심은 과학 발전의 본령은 일반적으로 생각되듯이 지식의 '누적'이 아니라 이른바 '패러다임'의 변환이라는 '혁명'이라고 본다는 것이다. 즉 쿤은 "'패러다임'이라고 칭한 것이 과학에서 수행하는 역할"을 주목하는데, 그 과정에서 그는 천문학, 물리학 등 자연과학의 구체적인 사례들(예컨대 지동현상, 산소, 엑스선, 라이덴병의 발견 등등 너무나 흥미로운 과학적 사례들)을 동원하면서 과학 발전의 실제 역사를 들여다본다.

　그런데 토마스 쿤과 이 책의 엄청난 위상을 생각할 때, 한

가지 이상한 점이 있다. 패러다임의 혁명적 변화를 야기한 과학적 사례들 중 뜻밖에 '전기의 발견'에 대한 언급이 없다는 것이다. 왜 이깃이 그의 관심에서 누락되었는지, 그것은 나도 이 분야의 전문가가 아니라 따로 연구한 적은 없다. 하여간 의외다.

나는 현대의 과학적 사건들 중 최고의 사건은 '전기의 발견' 및 그 기술적 응용이라고 단언한다. 적지 않은 사람들이 이에 수긍하고 동조해주리라고 기대하지만, 좀 더 확실히 근거를 확보하기 위해 내가 개발한 한 가지 철학적 방법론을 동원하기로 한다. 이른바 '결여 가정'이다. 용어는 좀 딱딱하고 재미없어 보이지만 실은 아주 간단하고 효과적인 것이다. 즉 어떤 것(x)의 가치를 새삼스럽게 드러내기 위해 그 어떤 것(x)의 '결여'를 가정해보는 것이다. '만일 ○○(x)가 없다면…', '만일 ○○(x)가 아니라면…' 하고 생각해보는 것이다. 그러면 그 어떤 것(x)의 대체 불가능한 소중함이랄까 가치가 가슴에 다가온다. 흔하고 당연해서 보통 우리의 시선에서 비껴나 있는 기본 가치들이 특히 그렇다. 이를테면, 가족의 사랑, 또는 물이나 공기나 흙이나 불이나 숫자나 그런 것이 대표적이다. 나는 고대 철학 초창기의 이런 개념들을 설명할 때 곧잘 이 결여 가정이라는 방법론을 동원한다. 그러면 저 탈레스(물), 아낙시메네스(공기), 피타고라스(수), 헤라클레이토스(불), 엠페도클레스(지수화풍) 등의 철학도 충분한 의미를 갖게 된다.

'전기'의 경우도 그렇다. 결여 가정을 적용해본다. '만일 전기의 발견이 없었다면…', '만일 전기가 없다면…', 그러면 어떻게 될까? 상상을 초월한 엄청난 결과가 초래된다. 우리 삶의 모든 것이 일순간에 올스톱이다. 현대 세계 전체가 와르르 무너져 내린다. 정전으로 방이 한동안 깜깜해지던 저 1950년대의 어느 밤시간과는 이야기가 다르다. 촛불이나 등잔불이나 호롱불로 대신할 수 있는 것은 지금 아무것도 없다. 무엇보다도 온 세상 모든 지구인의 컴퓨터와 휴대폰이 먹통이 된다. TV도 영화도 볼 수 없다. 냉장고와 세탁기도 못 쓴다. 어디 그뿐인가. 공장도 멈춘다. 모든 비행기도 추락이고 모든 자동차며 열차도 멎는다. 삼성도 테슬라도 파산이다. 또 세상의 모든 은행도 증권사도 거래가 중지되고 특히 병원이 멎는다. 한순간 전쟁보다도 더 많은 사망자가 세상의 모든 병원에서 발생할 것이다. … 가히 인류사상 최대의 카타스트로프(대재난)다.

지금 우리의 삶에서 전기 없이 할 수 있는 일은 거의 없다. 우리의 거의 모든 삶이 전기로 돌아가고 있다. 결여 가정이 그것을 확연히 드러내 보여준다. 이런 것을 생각해보면 전기는 실로 엄청난 것이라고 아니 할 수 없다. '엄청난'이라는 수식어로도 모자란다.

전기는 그저 과학만이 아니라 인류 전체의 삶의 패러다임을 완전히 바꿔놓았다. 전기의 발견과 응용은 혁명 중의 혁명이었다. 그렇다면 도대체 누가 처음 이 엄청난 것을 발견했을까? 일반적으로는 영국의 과학자 길버트(William Gilbert, 1540-1603)가 정전기를 발견한 것이 최초라고 알려져 있다. 그 관심은 프랭클린, 뒤페, 쿨롱, 에디슨 … 등으로 이어진다. 그러나 정전기의 발견은 더 거슬러 올라가 2,600년 전의 탈레스가 최초였다는 기록이 있다. 탈레스는 철학의 아버지였다. 우리가 철학을 가벼이 여기지 말아야 할 또 하나의 이유가 여기에 있다.

　인류사의 최대 사건은 '전기'의 발견이었다.

제2외국어

　얼마 전 EBS 뉴스를 통해 '제2외국어 고사 위기'라는 소식을 접했다. "내년이 되면 서울에 남는 프랑스어 정규교사는 단 한 명뿐"이라니 '고사 위기'라는 말도 과장이 아니다. 독일어도 아마 비슷한 사정일 것이다. 중국어와 일본어, 특히 중국어는 사정이 좀 나은 모양이다. 중일이 우리의 바로 이웃이고 강국임을 생각하면 중일 편중은 이상할 것도 없다. 그러나 독어와 불어가 우리 곁에서 멀어진다는 것은 별문제다.

　우리 세대(1950년대 생, 1970년대 학번)가 고등학생이었던 1970년대 초는 거의 대부분의 학교에서 독어와 불어를 제2외국어로 가르쳤다. 남학생은 주로 독어, 여학생은 주로 불어. 선생님에게 꿀밤을 맞아가면서 'der, des dem, den …'을 외우던 아련한 추억이 있다. 2학년 때는 어설픈 실력으로 다짜고짜 《황태자의 첫사랑(*Die Geschichte von alt*

Heidelberg)》을 독일어 원문으로 읽기도 했다. 내가 훗날 교수가 된 후, 모처럼의 연구년을 하필 하이델베르크대학에서 보내게 된 데는 그 시절 읽었던 그 소설이 크게 작용했음을 부인할 수 없다. 그 소설의 배경이 하이델베르크였다. 꼭 로맨틱 가도를 가지 않더라도 우리 세대에게는 독일 그 자체가 곧 낭만이었고 꿈이었다. 헤세, 괴테, 칸트, 헤겔, 베토벤, 슈베르트 …, 아니, 데미안, 싱클레어, 베르테르, 로테 … 그런 이름들이 우리에게 홍길동이나 춘향이 못지않게 친근했던 것은 고등학교에서의 독일어 교육과 결코 무관하지 않았다. 불어를 선택한 친구들은 잘난 척 '세라비(C'est la vie: 이것이 삶이다)'니 '끄세즈(Que sais-je: 나는 무엇을 아는가)'니 '즈 뺑스, 동끄 즈 쉬(Je pense, donc je suis: 나는 생각한다, 고로 존재한다)'니 하는 말을 입에 담았고, 설레며 쓴 연애편지의 끝줄에는 '즈뗌므(Je t'aime: 너를 사랑해)'를 하트와 함께 써 넣기도 했다. 모르긴 해도 윤정희나 정명훈이나 홍세화 같은 분들이 프랑스에서 삶의 일부를 보낸 것도 프랑스어 교육과 전혀 무관하지는 않을 것이다.

언어는 한 나라 내지 민족을 대표하는 요소다. 독어와 불어는 당연히 독일과 프랑스와 연결된다. 그 위상 내지 영향력도 반영한다. 이 언어들이 대륙의 반대편인 이 머나먼 한국에서 짧지 않은 세월 학생들에게 가르쳐진 것도 그 때문이다. 최근 한국어가 동남아는 물론 아랍과 인도에서까지 제2

외국어로 채택된 것도 마찬가지다. 그렇다면, 이제 한국에서 불어와 독어가 퇴출되는 것은 이 나라들의 위상과 영향력이 사라졌다는 것일까? 천만의 말씀이다. 이들은 결코 만만한 나라들이 아니다. 물론 한국, 중국, 호주, 인도 등이 부상하면서 이들의 위상이 상대적으로 예전만 못한 것은 부인할 수 없으나, 그렇다고 이들이 퇴조한 것은 아니다. 이들은 여전히 유럽의 양대 핵심축이고 유럽은 세계의 한 핵심축이다. 브렉시트 이후 더욱 그렇다. 정치와 경제에서는 말할 것도 없고 특히 학문과 문화 방면에서의 실력은 그 누구도 부인하지 못한다. 데카르트와 니체는 아직도 죽지 않았고 릴케와 생떽쥐뻬리도 아직 죽지 않았으며 르누아르와 멘델스존도 아직 죽지 않았다. 독어와 불어를 폐기한다는 것은 이 나라들에 대한 관심을 버린다는 것과 크게 다르지 않다. 그것은 크나큰 손실이다. 프랑스와 독일은 그동안 얼마나 다양한 분야에서 다양한 형태로 우리의 삶을 풍요롭게 해왔던가. 그 상실을 생각해보자. 너무나 아까운 노릇이다.

우리가 저들을 멀리한다면 저들도 우리에게 거리를 느낄 수밖에 없다. 조심스럽지만 나는 일본의 경우와 우리의 경우를 비교해본다. 나는 일본에서 20대와 30대의 10년을 살았다. 일본은 저 근대 초, '탈아입구(脫亞入歐: 아시아를 벗어나 유럽에 들어가자)'를 외친 후쿠자와 유키치(福沢諭吉) 이래 스스로를 유럽의 일부로 자처했고 그것이 일본의 발전을 견인했다. 유럽, 특히 독일과 프랑스에 대한 저들의 관심은 예사롭지 않다. 그것은 일본에 대한 유럽의 관심과 애정으로 화답받았다. 평가와 인정도 뒤따랐다. 19세기의 저 '자포니슴'도 그중 하나다. 유럽 여행을 했거나 거기서 살아본 사람들은 아마 피부로 느꼈을 것이다. 일본에 대한 저들의 호의와 평가가 어떠한지를.

유럽 철학, 특히 독일철학을 전공한 나는 저들의 위력을 누구 못지않게 잘 안다. 유럽은 2천 수백 년의 유구한 역사와 전통을 자랑한다. (유럽은 오늘날 세계를 호령하는 미국의 뿌리이기도 하다. 아니, 미국은 사실상 유럽의 연장이다. 무엇보다도 영어의 사용이 그것을 알려준다. 캐나다와 남미와 오세아니아도 마찬가지다.) 그런 전통은 하루 이틀에 이루어진 것도 아니고 하루 이틀에 사라질 것도 아니다.

우리가 저들을 멀리하는 것은 푸대접이다. 그러면 저들도 우리를 멀리할 수밖에 없다. 그게 이치고 인지상정이다. 잃고 난 후에 후회해본들 이미 늦다. 미국이 모든 것을 압도하는 편중을 보완하기 위한 균형으로서도 우리는 유럽을 우리 곁에 잡아둘 필요가 있다. 제2외국어는 그런 우호적 관계의 한 상징이다. 고등학교의 교실에서 다시 'der, des, dem, den …'과 'mon, ma, mes, ton, ta, tes, son, sa, ses'라는 소리가 들려오기를 기대한다. 교육부장관께 이 글이 가 닿으면 좋겠다.

의자와 엉덩이

학교에서 보직을 맡아 일을 하다 보니 최근 총장님들이 모인 어떤 행사에 잠깐 배석을 하게 되었다. 소위 '장관급' 인사들 십여 명이 한꺼번에 모인 자리인지라 현관에는 기사 딸린 검은색 승용차들이 즐비하게 늘어섰고 회의장은 특유의 무게감으로 빛이 났다. 언론에 오르내리는 거물급 인사들의 바로 곁에 선다는 것은 흔한 일은 아니다. 좋은 경험이 되었다.

그런데 나이 탓일까? 젊었을 때와는 달리 긴장감 같은 건 전혀 느껴지지 않았다. (얼마 전 한 전직 총리와 마주 앉았을 때도 마찬가지였다.) 예전 30대 초반의 유학생 시절, 도쿄의 어떤 행사에서 일본 중의원 의장(국회의장)의 통역을 맡았을 때, 진땀을 뻘뻘 흘리며 긴장했던 장면이 비교되었다. 행사 후 다과회 때 그 노정객이 "자네도 수고했으니 많이 드시게." 하며 음식을 권했는데, 나는 그 음식이 코로 들어가는지 귀로 들어가는지 모를 정도로 긴장했다. 그런 긴장이 이제 사라진 건 아마 그 기라성 같은 총장님들이 다 나보다 연배가 낮다는 게 가장 큰 이유일 것이다. 그게 세월이었다.

종류는 좀 다르지만, 예전에 읽은 해리 골든의 수필집《생활의 예지》에서 "나이 들었다는 것을 느끼는 최초의 순간은 길거리의 경찰들이 갑자기 어리게 보일 때"라고 했던 게 생각나기도 했다. 내가 퇴장한 후 총장님들은 아마 작금의 심각한 대학 현안들을 진지하게 논의했을 것이다. 그것은 곧 국가의 현안이기도 했다.

나의 집무실로 돌아와 나는 그 회의장에 즐비했던 '의자'들을 생각했다. 수년 전 나는 어떤 책에서 철학적인 '의자론'을 전개한 바가 있다. 의자는 곧 자리고 자리는 곧 역할 수행의 장이고 삶의 질이 결정되는 장이라는 일종의 토폴로지(topology: 장소론)다. 나이 들어가면서, 경험이 많아지면서, 나는 '자리'라는 것이 우리의 삶에서 얼마나 중요하지를 뼈가 시리도록 느꼈다. 그것은 단순한 '지위'가 아닌 것이다. 우리가 삶이라는 것을 살아가는 이 사회, 이 나라, 이 세상에는 엄청나게 많은 자리들이 존재한다. 누군가가 그 자리(의자)에 앉아 그 자리에 맡겨진 일들을 수행한다. 그 수행이 그 조직, 그 기관, 그 사회, 그 나라, 그리고 이 세상을 실질적으로 움직여나가는 동력이다. 그런데 사람들은 의외로 잘 모르고 있다. 똑같은 자리, 똑같은 의자라 하더라도 그 자리에 어떤 엉덩이가, 즉 누가 앉느냐에 따라 그 결과는 천양지차로 달라진다는 것을. 나는 그것을 내 삶의 과정에서 직접 몸서리칠 정도로 아프게 느낀 적이 여러 번 있다. 정말이지 어떤 사람은 그 자리에 앉아 완전히 일을 망쳐버리는 경우도 적지 않았다. 민폐도 그런 민폐가 없다. 그 사람이 없었다면 차라리 더 좋았을 것을…. 이런 말을 들으면 누구든지 아마 각자의 머릿속에 누군가를 떠올릴 것이다. 그토록 많다. 우리의 역사 속에도 헤아릴 수 없을 정도로 많다. 굳이 많은 예도 필요 없을 것이다. 대한제국의 총리대신 자리에 앉아 있던 이완용이라는 엉덩이도 그중 하나다. 총리대신이라면 얼마나 막중한 자리인가. 그 엉덩이가 나라의 발전을 위한 역할은커녕 완전히 나라를 말아먹은 것이다. 우리의 현대사에도 그런 엉터리 엉덩이들이 싸질러놓은 오물들로 더럽혀진 의자가 너무나 많다.

그러나 물론! 그게 다는 아니다. 제대로 된 엉덩이가 그 자리에 앉아 그 의자를 황금의자보다 더욱 빛나게 한 사례들도 적지 않다. 기업에도 많고 공직에도 많다. 그런 엉덩이들이 우리가 아는 한국의 이 눈부신 발전을 견인해온 것이다. 그게 한국이라는 이 나라의 불가사의다. 표면적으로 보면 온 나라가 엉망진창 문제투성인데, 그런 가운데서도 묵묵히 제자리를 지키며 제 몫을 해내는 황금 엉덩이들도 또한 적지 않은 것이다. 세계 어디에 내놓아도 꿀리지 않을 초일류급들이다.

그래서 인사가 중요하다는 것이다. 인사가 만사라는 말은 참으로 진리다. 인사란 자리에 사람을 앉히는 일이다. '어떤 엉덩이를 어떤 자리에 앉히느냐' 그게 요체다. 기업이라면 그게 곧 회사의 이익과 직결이 되고 나라라면 그게 곧 국민의 삶과 직결이 된다.

바야흐로 새봄, 인사의 계절이다. 그리고 선거의 계절이다. 수많은 의자들이 새로운 엉덩이를 기다리고 있다. 한 번 잘못된 엉덩이를 그 자리에 앉히면 그 잘못된 결과를 되돌리는 건 너무 힘들다. 신중하고 신중하지 않으면 안 된다.

내가 만난 그 총장님들은 아마 제대로 자기 자리를 찾아 앉은 훌륭한 분들일 거라 믿고 싶다. 그분들이 작금에 우리가 처한 이 대학의 위기를 지혜롭게 잘 극복해나가리라 기대하고 또 기대한다. 선거로 뽑힐 의원, 시장, 지사, 대통령은 더 말할 나위도 없다. 그것은 국가의 운명을 좌우하니까. 너와 나 우리 모두의 삶을 좌우하니까.

선택의 무게

한 시절, 전 세계의 지성을 대표했던 소위 실존주의가 우리 인간들에게 끼친 영향은 작지 않다. 그 첨병이었던 사르트르의 철학에 '선택(choix)'이라는 개념이 있다. 거두절미하고 아주 쉽게 말하면 인간의 실존은 간단없는 선택의 연속이라는 것이다. 여기엔 자유와 책임이라는 개념도 얽혀 있다. 키에케고가 말한 '이것이냐 저것이냐(enten-eller)', 그리고 하이데거가 말한 '기투(Entwurf)' 같은 것도 이 개념에 녹아들어 있다. 자세한 설명을 하자면 따분한 철학 강의가 되니 생략한다.

아닌 게 아니라 그렇다. 우리는 살면서 거의 매 순간 선택의 기로에 놓이게 된다. A냐 B냐 하는 선택도 있고, A냐 비(非)A냐 하는 선택도 있다. 어떤 유형이든 쉽지 않은 것은 매한가지다. 이게 쉽지 않고 간단치 않기 때문에 소위 '결정 장애'를 호소하는 사람도 있다. 그런데 이게 예를 들어 점심에

짜장면을 먹을 것인가 짬뽕을 먹을 것인가, 여름휴가 때 산으로 갈까 바다로 갈까, 노란색 원피스를 입을까 갈색 바지를 입을까, 하는 정도라면 별일이 아닐지 모르겠지만, 경우에 따라 이게 원서를 A대학에 넣을까 B대학에 넣을까, A회사에 넣을까 B회사에 넣을까, A랑 결혼할까 B랑 결혼할까, A동네로 이사 갈까 B동네로 이사 갈까, 하는 종류라면 그 선택이 절대 간단하지 않다. 그 결과가 '그 이후'의 인생 전체를 좌우하기 때문이다. (예컨대 신혼 초, 당시 저렴했던 강남 아파트로 이사 가자는 아내의 말을 묵살하고 한적한 교외의 주택을 선택했다가 평생 집값으로 다투던 늙은 부부가 나이 들어 끝내 이혼에 이르렀다는 뉴스도 우리는 접한 적이 있다.) 그런 게 인생이다. 그래서 이 선택이라는 게 어렵고 심지어 철학의 주제가 되는 것이다.

　개인의 실존에만 해당하는 문제가 아니다. 이건 사회적 행위, 국가적 행위에도 그대로 적용된다. 이를테면. 저 피고인에게 집행유예를 선고할 것인가 실형을 선고할 것인가, A당에 투표할 것인가 B당에 투표할 것인가, 자유무역을 할 것인가 보호무역을 할 것인가, 전쟁을 할 것인가 화친을 할 것인가, 이런 선택이라면 국가의 운명이 왔다 갔다 하기도 한다. 선택이란 그렇게 무거운 것이다. 베트남 파병을 선택한 한국 대통령도 이런 무게를 느꼈을 것이고, 천안문 진압을 결정한 중국 수뇌부도 이런 무게를 느꼈을 것이고, 브렉시트를 선택한 영국 수상도 이런 무게를 느꼈을 것이다. 사례를 열거하자면 거의 무한정이다.

선택지 혹은 갈림길 앞에 선 우리는 대개 Y자를 머리에 떠올린다. 이 글자는 우리에게 '벌어진 각도'를 보여준다. 그게 단 1도의 차이라 해도 벌어진 그 각도의 폭은 갈수록 커진다. 그게 우주 공간이라면 그 1도의 차이가 이윽고 지구와 화성보다도 더 멀어지고 태양계와 안드로메다보다도 더 멀어진다. 우리가 어느 쪽인가를 선택할 때, 오른쪽 혹은 왼쪽 어느하나는 그 선택에 의해 버려진다. 선택 이후는 이미 Y자가아닌 것이다. 엄청나게 다른 어느 한쪽만이 현실로서 남는다. 그래서 모든 선택과 결정은 신중하지 않으면 안 된다. "그때 그것을 알았더라면" 하는 어느 시집의 멋진 제목도 실은 이런 실존주의적 고뇌를 그 배경에 깔고 있다. "나 [그때로] 다시 돌아갈래"라는 영화의 대사도 결국은 마찬가지다. 그러나 이런 류의 모든 작품들이 우리에게 알려주는 것은 다시 되돌아가 다른 선택을 하는 것이 우리에게는 불가능하다는 엄정한 사실이다. 선택이라는 실존적 행위는 연필로 그리는 스케치가 아니라 덧칠밖에는 길이 없는 유화 같은 것이다. 아니 더 엄밀히 말하자면 수채화 같은 것이다. 유화는 그나마 덧칠로 가릴 수라도 있지만, 수채화는 그것조차도 불가능하다. '다시'라는 게 없다.

2021년, 우리는 지금 이 순간도 Y자 앞에 있다. 왼쪽인가

오른쪽인가, 선택의 기로에 놓여 있다. 어느 쪽이 정답인지는 아직 아무도 모른다. 어느 한쪽엔 낭떠러지 혹은 폭포가 있고 어느 한쪽엔 무릉도원이 있을지도 모른다. 하여간에 우리는 선택하지 않으면 안 된다.

직장에서 보직을 맡아 일하다 보니 연일 회의다. 누군가가 연일 의사봉을 두드린다. 그런데 다는 아니겠지만 적지 않은 사람들이 그게 '그 이후'의 운명을 결정한다는 무게는 별로 느끼지 않는 것 같다. 입법-사법-행정 가릴 것 없이 국가적 결정들도 크게 달라 보이지 않는다. 그 선택과 결정의 무게를 사람들이 좀 제대로 느꼈으면 좋겠다. 그 무게는 사실 설악산의 저 울산바위보다 더 무겁다.

화려함과 웅장함
— 나의 별스런 미학주의

　나는 철학자로서 '국가'라는 주제에 대해 관심이 많다. 이는 플라톤 이래의 철학적 전통이기도 하다. 할 말이 태산 같다. 그중 지금까지 기회 있을 때마다 특별히 강조해왔던 것이 국가의 네 초석인 칼-돈-손-붓(군사력-경제력-기술력-문화력), 그리고 네 기둥인 합리성-도덕성-철저성-심미성이다. 아마 누구든 별 이의 없이 수긍해주겠지만 여기에 심미성이 등장하는 데 대해서는 고개를 갸우뚱하는 사람들도 없지 않을 것이다. 이건 나의 양보할 수 없는 가치관이다. 여기엔 나의 개인적 체험도 좀 작용한다.

　살아오면서 어쩌다 보니 외국 생활을 제법 하게 되었다. 일본에 10년, 독일에 2년, 미국에 1년, 중국에 1년, 총 14년이니 결코 짧지 않은 세월이다. 이 나라들은 여러 지표에서 어쨌든 우리나라보다 상위에 랭크되는 선진국 혹은 강대국이다. 그 객관적 사실을 부인할 수는 없으니 우리는 이 나라들로부터 많은 점을 배울 필요가 있다. 벤치마킹이라고 해도 좋다. 심미성 내지 미학성도 그런 점에서 내 관심을 사로잡은 주제다. 대부분의 외국인들이 이 나라들에 대해서 '깨끗하다', '아름답다'고 평가한다. 물론 자연환경에 대해서는 선택의 여지가 없으니 그런가 보다 해야 한다. 그러나 문화적 환경은 사정이 다르다. 그건 사람이, 즉 국가와 국민이 만드는 것이다. 그래서 이런 나라들과의 비교 미학은 의미가 있다.

나를 비롯한 우리 또래 세대(50년대 생, 70년대 학번)는 "무궁화 삼천리 화려강산"이라는 애국가의 한 구절이 상징하는 그런 가치론 속에서 성장했다. 우리는 아름다운 나라라는 것이다. 그런 줄 알았다. 그런데 그런 국가적-민족적-문화적-미학적 자부심 내지 자존심은 위의 여러 나라들에서 주민으로 살면서 여지없이 무너져 내렸다. 특히 우리와 특수한 관계인 일본에 대해서는 무수한 세계인들이 그 미학성에 대해 우리보다 더 높은 점수를 부여한다. 나로서는 솔직히 여간 자존심 상하는 일이 아니었다. 모든 면에서 '최소한 일본보다는 나아야 한다'는 나의 별난 가치 기준은 그런 체험에서 형성된 것이었다. 물론 식민 지배의 치욕에서 배태된 '낙일', 그런 것도 당연히 있다.

가장 최근에 이웃 중국에서 1년을 살았다. 내가 느낀 결정적인 차이는 사회주의-자본주의 그런 것이 아니었다. 미학적인 '다름'이었다. 그 기준이 너무 달랐다. '미적인 것'에 대한 중국인들의 지향은 예사롭지 않다. 물론 그 바탕에는 경제적 풍요가 있다. 그건 하루 이틀이 아니고 오랜 전통을 갖는다. 무엇보다 아득한 천 년 전의 수도였던 서안(옛 장안)이나 낙양 같은 데 가보면 그런 미적 지향은 한순간에 증명이 된다. 서울의 안방에서 볼 수 있는 중국 드라마나 틱톡 같은 데서는 더 간단히 확인된다. 거기엔 중국에는 있고 한국에는 없는 그런 미적 가치들이 눈에 띈다. 그중의 하나, '화려함'이라는 게 있다. 그리고 '웅장함'이라는 게 있다. 정말 대단하다. 개인적 취향의 문제인지는 모르겠으나 나는 그런 것이 못내 부러웠다. 열심히 내 기억 속을 헤집어보았으나 우리나라에는 딱히 화려하고 웅장한 게 없다. 표현은 조심스럽지만 여러 가지가 참 초라하다. 소박이니 담백이니 단아니 하는 가치들도 물론 평가받아 마땅하지만, 그런 건 중국에도 없지 않다. 그 분야의 전문가가 아니라 잘은 모르지만, 우리의 이런 현상에는 어쩌면 중국의 정치적-문화적 영향권 속에서 저들의 눈치를 보아야 했던 사정도 있을 것이다. 자기의 최고 권력자를 황상이나 폐하라 부르지 못하고 '전하'라 격하했던 것도 (자칭도 '짐'이 아닌 '과인'이었던 것도) 필시 그런 사정 때문이었을 것이다. 황제의 나라가 아닌 왕의 나라였기에 '화려함'과 '웅장함'은 어쩌면 중국에 대한 불경이었을 것이다.

그건 그렇다 치자. 전통적인 동아시아의 외교관계… 어쩌고 하는 말로 우리는 스스로를 달래며 자위할 수도 있다. 그러나 지금은 다르다. 우리가 중국보다 더 화려한 옷을 입고 더 웅장한 건축물을 세운다고 중국이 뭐라고 할 입장이 못된다. 중국 스스로가 우리를 '선진국(发达国家)'으로 평가한다. 미국의 눈치를 볼 필요도 없다. 나는 이 시점에서 우리가 화려하고 웅장한 미학을 구축해주기를 기대한다. 이런 건 정부와 대기업이 나서야 한다. 특히 건축이 그렇다. 서울은 엄청나게 발달한 세계 유수의 대도시이지만, 에펠탑이나 자유의 여신상처럼 세계에 자랑할 번듯한 미학적 건축물이 거의 없다. 국회의사당과 예술의 전당도 그 아쉬움이 이따금 거론된다. 대부분이 너무나 소박하다. 경복궁도 숭례문도 한국을 상징하기에는 너무 초라하다. 이웃 중국은? 북경, 상해는 말할 것도 없고 광주, 심천, 무한, 항주 등의 지방 도시들도 그 화려함과 웅장함은 이미 서울을 한참 능가한다. 나의 제언이었던 '질적인 고급국가'를 위해, '최소한 중국보다는 더 나은'이라는 기준을 나는 하나 더 제시한다. 지금 그런 화려하고 웅장한 것들을 만들면 그게 소위 관광자원이 되기도 할 것이며 세월이 흐르면 그게 문화유산으로 남기도 할 것이다. 프랑스나 이탈리아처럼 그런 것이 우리의 후손을 먹여 살릴 수도 있을 것이다.

현대차그룹이 서울 강남에 105층 사옥을 지으려다 50층으로 축소할지도 모른다는 기사를 보고 문득 이런 생각이 들어 몇 마디 적어봤다. 광화문의 세종문화회관을 새로 건축한다니 한번 기대해봐야겠다.

'중국'의 의미

"중국을 왜 중국이라고 하는지 알아?" 무슨 이야기를 하다가 한 친구가 뜬금없이 이런 질문을 던졌다. 처음엔 좀 황당했다. 중화인민공화국이 너무 기니까 그걸 줄여서 중국이라고 하는 걸 모를 사람이 없기 때문이다. 그런 걸 일부러 물을 턱이 없다. 원래 우스갯소리를 잘하는 친구다. "왜?" 했더니 그 친구 말이 걸작이다. "대국이라고 하기엔 하는 짓이 너무 쪼잔하고 소국이라고 하기엔 덩치가 너무 커서 그저 한 중간 정도라는 뜻으로 중국이라고 하는 거야."라는 것이다. 하하 그냥 웃었다.

"그럼 한국은?" 했더니, "한심한 일들이 하도 많아서 한국이라고 하는 거지."라는 대답이 돌아왔다. 하하 또 웃었다. "그럼 일본은?" 했더니, "이미 일 나 보고 너 이상 볼 일 없게 되었으니 일본인 거지."라고 했다. 하하 또 한 번 웃었다.

우스갯소리지만, 실은 셋 다 따끔한 정치적 비평이 실려 있다.

　중국이 대국임을 부인할 사람은 없다. 우리는 2천 년 넘게 그 정치적-군사적-문화적 영향 하에 있었고 오늘날도 그 사정은 크게 다르지 않다. 경제적 관계는 특히 그렇다. 중국은 한때 가난과 부실의 상징처럼 여겨지기도 했지만 이젠 명실상부한 G2로서 세계의 중심이었던 예전의 위상에 근접해 있다. 한국과 일본을 추월한 지는 한참 지났다.

　그러나 그런 이른바 '굴기'가, '돌아온 중국'이, 우리에게는 그다지 반갑지 않다. 우리를 대하는 저들의 태도 때문이다. 이른바 사드 보복을 우리는 아직도 속절없이 당하고 있다. 최근엔 한국전쟁과 관련해서 미군의 희생을 기린 BTS의 발언을 문제 삼아 또다시 BTS 때리기에 나섰다. 저들의 이른바 '항미원조(抗美援朝)'를 모욕했다는 것이다. 한국인의 입장에서는 '항미원조'란 터무니없다. 한국과 중국은 한때 적국으로서 맞서 전쟁을 치른 사이다. 저들 때문에 우리는 거의 다 된 통일을 놓쳐버렸다. 그 엄연한 역사적 사실은 부인할 수 없다. 양국 관계는 그것을 서로 인정하고서 나아가지 않으면 안 된다. 서로가 시시비비를 따질 계제가 아니다. 그 어느 쪽도 양보할 사안이 아니니 그냥 묻어둘 수밖에 없다. 그런데 중국이 힘의 우위를 배경으로 그걸 건드린 것이다. 상대에 대한 배려가 없다. 그래서 '쪼잔한' 것이다. 중국의 주석은 미국 대통령과 만난 자리에서 한국을 '과거의 속국'이라 했다는 보도도 있었다. 역시 배려 없이 역린을 건드린 것이다. 손님으로 찾아간 우리 대통령을 홀대하기도 했다.

그런 소위 중화주의가 이웃에 대한 무시와 오만임을 저들은 잘 알지 못한다. 어쩌면 알면서도 당연한 듯 아랑곳하지 않는 걸지도 모르겠다. 아주 유명하지는 않지만 노자의 《도덕경》에 이런 말이 나온다.

> 대국이라는 것은 [흐름의] 하류다. 천하의 교차요 천하의 암컷이다. 암컷은 항상 조용함으로 수컷을 이긴다. 그렇게 조용하게 되는 것이다. 그 때문에 의당 낮추어야 한다. 고로 대국은 소국에게 낮춤으로써 곧[결과적으로] 소국을 취하고, 소국은 대국에게 낮춤으로써 곧[결과적으로] 대국에게 취해지게 된다. 고로 어느 쪽은 낮추 '니까' [낮춤으로써] 취하고, 어느 쪽은 낮추 '지만' [낮춤에도 불구하고] 취한다. 대국은 상대방을/사람을 함께 기르고자 할 따름이며, 소국은 상대방을/사람을 들어가 섬기고자 할 따름이다. 무릇 양자가 각각 그 원하는 바를 얻으니, 큰 자는 의당 낮추어야 하는 것이다. (61절)

딱딱하고 긴 학문적 해설은 생략하지만 '대국'은 소국에 대해 스스로를 낮추어야 한다는 철학이다. 이른바 오만한 중화주의와는 반대다. 중국은 자국의 고전에 이런 사상이 있음을 알아야 한다. 내가 아는 한 중국은 공맹노장을 비롯해 높이 평가할 만한 요소들이 너무나 많은 나라다. 그러나 만일 스스로 높은 곳에 처해 이웃을 내려다보며 존중하지 않는다면 그것을 좋다 할 이웃은 세상 그 어디에도 없다. 오만은 스스로의 잘남을 지우는 지우개와 같다. 중국은 아마 여러 전문가들이 예상하는 대로 조만간 미국을 앞질러 G1으로 부상할 것이다. 나는 저들이 노자의 저 대국 철학을 잊지 않기를 진심으로 바란다.

우리는 우리대로 그때를 대비하지 않으면 안 된다. 대국은 땅의 넓이와 인구의 수만으로 결정되지 않는다. 내가 여러 차례 강조했듯이 국가의 크기는 기본적으로 칼-돈-손-붓 즉 군사력-경제력-기술력-문화력으로 결정된다. 이 힘들을 착실히 키워 중국보다 더 큰 '대국'으로(질적인 고급국가로) 성장한다면 대한민국을 줄인 '대국'으로 불러도 좋을 것이다. 그것은 절대 불가능이 아니다. 삼성과 BTS가 그것을 증명한다.

언어의 생산과 소비

　최근 개인 통산 30번째 책을 낸 후 재미 삼아 그 졸저들을 다 모아 책상 위에 나란히 꽂아보았다. 연구서, 해설서, 에세이, 시집, 번역서 …, 종류도 엄청 많다. 돌이켜보니 그게 내 인생이었다. 그걸 물끄러미 바라보고 있자니 묘한 상념에 빠져든다. 문득 '언어의 생산'이라는 말이 떠올랐다. 이런 건 몇 차 산업에 해당하는 걸까?

　나는 철학자로서 이런 종류의, 즉 언어의 생산-유통-소비가 농산품이나 공산품의 생산-유통-소비 못지않게, 아니 부분적으로는 그것들보다 더 중요한 철학적 의미를 갖는다고 평가한다. 왜냐하면 그것은 '인간'의, 그 '정신'의, 그리고 세상의 '질-격-수준'을 결정하는 요인으로 작용하기 때문이다. '질-격-수준', 이것은 내 평생의 학문적 관심사요, 주제요, 목표였다. 기본인 강의와 강연과 논문을 제외하고도 나는 그것을 위해 나름 애썼고 일정 부분 기여했다고 자부한다. 그 구체적인 형태는 주로 '책'이었다. 그중 적지 않은 것들이 이른바 우수도서로 선정되었고 어떤 것은 한때 이른바 '베스트셀러'가 되기도 했고, 또 어떤 것들은 이른바 중앙 일간지에 전면 기사로 다루어지기도 했다. 학자로서는 대단한 영광인 셈이다. 나는 그것을 써준 기자분들에게 한량없는 고마움과 존경을 느낀다. 그 '언어의 유통'에 도움을 주었기 때문이다.

어떤 종류의 생산물도 그것이 유통되고 소비되지 않으면 의미가 없다. 창고의 공간을 차지하는 짐일 뿐인 것이다. 책이라는 언어도 마찬가지다. 그런데 오늘날 우리 사회에서는 이것이 제대로 유통-소비되고 있을까? 누가 '그렇다'고 자신 있게 대답할 수 있을까?

서울에서 지하철을 타고 가다가 무심코 차내를 둘러보았더니 거의 전원이 고개를 숙인 채 스마트폰을 들여다보고 있었다. 서울로 가는 KTX에서도 같은 풍경이었다. 일부러 본 것은 아니지만 자연스럽게 눈에 들어오는 화면을 보니 N○○, K○○, U○○, F○○, 혹은 뉴스나 게임 스포츠 등, 대동소이, 천편일률, 대부분 그 범위가 뻔했다. 그런 소비를 통해 관련 회사들은 천문학적인 부를 지금도 축적하고 있겠지만, 나는 그 언어들의 내용을 생각하면서 머리가 무거워지고 가슴이 답답해졌다. 소비되는 언어의 종류가 우리 세대, 우리 시대와 너무나도 달라져 있는 것이다. 당연하지만 인간의 종류도 너무나 달라져 있다. 악화가 양화를 구축한다는 경제학의 원리는 언어시장에서도 마찬가지로 적용된다. 인문-교양 등 고품질, 고품격의 언어들은 우선 소비 시간에서도 밀려난다. 대부분의 소비자가 폰을 들여다보면서 책을 읽는 시간은 점점 짧아졌고 이젠 거의 제로에 가까워졌다. 차 안에서 책을 읽는 사람은 거의 눈에 띄지 않는다. 그런 사람은 이미 천연기념물 혹은 멸종 위기 동물이 되어버렸다. 있다고 해도 거의 빈사 상태다. 글과 책은 이제 '수다/잡담'에게도 밀려나고 있다. 참으로 초라한 신세다. 젊은 세대는 신문도 읽지 않는다고 한다. 심지어 TV도 보지 않는다고 한다. 단편적이고 자극적이고 경박한 언어들이 판을 친다. 공격적이고 살벌한 언어들도 설쳐댄다. 사람들은 잘 모르고 있다. 그런 언어들이 판을 치면, 이윽고 그런 사람들이 늘어나고 이윽고 그런 세상이 되고 만다는 것을. 이미 그렇게 되어가고 있음을 도처에서 목격한다. 질 높은, 격조 있는, 수준 높은 언어들은 점점 설 자리를 잃고 밀려난다. 버려진다. 위기다.

　나는 철학자로서 이 시대를 향해 경고한다. 시선을 돌려야 한다. 지금 당신의 눈은 무엇을 읽고 있고 당신의 귀는 무엇을 듣고 있고, 당신의 입은 무엇을 말하고 있고, 당신의 손은 무엇을 쓰고 있는가? 당신은 지금 어떤 언어를 소비하고 있는가? 지금 우리 사회에서는 어떤 언어들이 생산-유통되고 있는가? 공자의 언어, 부처의 언어, 소크라테스의 언어, 예수의 언어, 문사철의 언어, 그런 것들은 지금 어느 창고에 재고로 쌓여 먼지를 뒤집어쓴 채 잊혀 있는가? 나는 이미 여러 차례 말한 바 있다. 어떤 세상에서 어떤 사람으로 어떤 삶을 살 것인지는 우리 자신의 선택이고 우리 자신의 책임이다. 걱정스럽다. 이대로 가면 낭떠러지다.

역사는 흐른다

정년퇴임을 앞두고 있지만 보직을 맡고 있는 관계로 분주하게 지내다 보니 그 퇴임이란 걸 잘 실감하지 못하고 있었는데, 학과 동료가 발표를 한다기에 무심코 참석한 단과대학 세미나 행사에서 느닷없이 송별회라며 단상에 불려 올라가 꽃다발을 받게 되었다. 그리고 자리가 자리인지라 '한 말씀'을 부탁받았다. 쑥스러웠지만 말을 꺼낸 사회자를 봐서라도 그 한 말씀을 안 할 수가 없었다.

하필 그날이 6월 29일이라 노태우 당시 민정당 대표의 소위 6·29선언(대통령 직선제 수용 선언)이 있던 그날 이 대학에 최종 면접을 보러 왔던 이야기를 하게 되었다. "34년 전 그날…" 지금도 기억이 생생하다. 면접을 위해 버스를 타고 학교를 향하던 도중 버스 안에서 그 생중계를 듣게 되었다. 놀랍기도 하고 기쁘기도 하고, 그러면서도 자신의 취직을 무엇보다 기대하던 복잡하고도 묘한 심정이었다. 지극히 개인적인 상황이었지만 지금 돌이켜보니 그게 그냥 하나의 역사적 순간이었다. 그날 이후 우리나라는 불가역적인 민주화의 길을 걸어왔고 나는 교수의 길을 걸어왔다. 그 선언의 도화선이 된 6·10항쟁의 기념식이 며칠 전에 그 현장의 일부였던 우리 학교 내에서 거행되기도 했다. 개인사와 국가사가 묘하게 교차한다. 6·29, 그날 이후 많은 것이 달라졌다. 나만 그런 것이 아니라 우리나라도 달라졌고 세계도 달라졌다. 독일이 통일되었고 소련이 붕괴되었다. EU가 출범했고 유로가 도입되었다. 엄청난 사건이었다. 그렇게 역사는 흘러왔다. "34년 전 그때는 이 학교에 건물도 몇 개 없었고…" 어쩌고저쩌고하며 늙은이 같은 소리를 몇 마디 하고 단상을 내려왔지만, 깊은 감회가 밀려왔다.

돌이켜 생각해보니 그간의 세월에서 정말 많은 일들이 있었다. 어릴 적 집 앞 큰길에서 직접 목격했던 4·19와 방 안 머리맡에 있던 라디오에서 흘러나오던 이승만 대통령의 하야 성명, 역시 집 앞에서 직접 목격했던 5·16, 친했던 친구 형이 직접 보병 소대장으로 참전했던 월남전의 발발과 종전, 얄궂게도 내가 입학한 직후 폐지된 중학교 입시제도, 교과서와 신문에서 사라진 한자, 학교 앞이 시끌벅적했던 3선 개헌 반대 데모, 유정회와 체육관 선거, 대학 시절 외박했던 친구 집에서 군인이었던 친구 자형을 통해 뉴스보다 먼저 듣게 된 10·26 박정희 대통령의 서거, DJ의 측근이었던 지도교수님을 통해 역시 뉴스보다 먼저 알게 된 전두환의 등장, 그 지도 교수님의 해직과 화병으로 인한 별세, 유학 중 도쿄에서 '테레비'의 뉴스 속보로 서울보다 먼저 보게 된 생생한 5·18의 현장, 그리고 저 6·29, 그리고 잊을 수 없는 서울올림픽과 하필이면 일본에 거주할 때 보게 된 한일월드컵, YS와 JP의 떨떠름한 표정이 인상적이었던 3당 합당, 소련-중국과의 수교, 또 하필이면 독일에서 지낼 때 듣게 된 IMF 사태, 최초의 여야간 수평적 정권 교체, 곧 통일이 올 것 같았던 남북정상회담, 김정일의 사망과 김정은의 삼대 세습, 광화문의 촛불과 초유의 대통령 탄핵, 두 전직 대통령의 구속, 평창올림픽과 김여정의 방문, 도보다리의 대화와 판문점 선언 … 그리고 지금의 이 코로나 팬데믹까지. 정말 숨 가쁘게 흘러온 격동의 세월이었다. 그 끝자락에서 나도 내 인생의 한 시대를 정리하며 정년퇴직을 맞게 된 것이다.

그날 2021년 6월 29일, 나는 단상에서 "34년간 청년이 아재가 되고 할배가 되는 동안, 30권의 책과 수십 편의 논문을 열심히 썼고 늘 싱싱하기만 한 젊은이들과 대화하며 수업을 즐겼고 학회장과 학장과 대학원장을 맡아 이런저런 '사업들'도 해봤고 도쿄대, 규슈대, 하이델베르크대, 프라이부르크대, 하버드대, 북경대, 북경사범대 등 세계 유수의 대학들에 연구교수로 체류하며 다양한 체험도 해봤고, 정말 한세월 원 없이 즐기며 잘~ 놀다 갑니다. 긴 세월 함께 놀아주셔서 감사합니다. 내내 건강하시고 여러분들도 저처럼 맘껏 즐기시기를 바랍니다." 하며 그 '한 말씀'을 마무리하고 내려왔다.

그게 다 역사였다. 역사는 그렇게 흐른다. 이제 또 다른 누군가가 내가 비운 그 자리에 들어와 나와는 다른 이런저런 일들을 겪으며 그의 역사를 써나갈 것이다. 그렇게 역사는 흐른다. 그의 역사가 부디 즐겁고 행복하기를 기원한다.

제 2 부

철학의 풍경

나훈아 철학에 대한 소론

　코로나19가 휩쓴 2020년의 한 풍경에 나훈아가 있었다. 그의 신곡 '테스형'은 폭넓게 인구에 회자되었다. 원로 트로트 가수와 역사적 대철학자의 조합은 그 자체로 절묘한 느낌을 준다. 의료대란과 맞물려 히포크라테스까지 얽힌 건 더욱 절묘하다. 나훈아의 나이가 73세이니 현재의 나이로만 보면 실은 70세에 죽은 소크라테스보다 그가 더 형인 셈이다.

　나도 이젠 60대 중반 은퇴할 나이가 되었으니 소크라테스를 '테스형'이라 부르는 것이 하등 이상할 게 없다. 그래서 나훈아의 노래를 유심히 곱씹어 본다.

　어쩌다가 한바탕 턱 빠지게 웃는다 / 그리고는 아픔을 그 웃음에 묻는다 / 그저 와준 오늘이 고맙기는 하여도 / 죽어도 오고 마는 또 내일이 두렵다 / 아! 테스형 세상이 왜 이래 왜 이렇게 힘들어 / 아! 테스형 소크라테스형 사랑은 또 왜 이래 / 너 자신을 알

라며 툭 내뱉고 간 말을 / 내가 어찌 알겠소. 모르겠소 테스형

울 아버지 산소에 제비꽃이 피었다 / 들국화도 수줍어 샛노랗게 웃는다 / 그저 피는 꽃들이 예쁘기는 하여도 / 자주 오지 못하는 날 꾸짖는 것만 같다 / 아! 테스형 아프다 세상이 눈물 많은 나에게 / 아! 테스형 소크라테스형 세월은 또 왜 저래 / 먼저 가본 저세상 어떤가요 테스형 / 가보니까 천국은 있던가요 테스형

아! 테스형 아! 테스형 아! 테스형 아! 테스형

대중을 상대로 한 이런 가요를 누군가는 통속적이라며 비하할지 모르겠지만 이 노래에는 엄연히 철학이 있다. 나는 30 수년의 강의 경력과 30 수권의 저술 업적을 가진 철학 전문가의 권위로서 이 노래의 철학성을 인정하고 평가한다. 무엇보다도, 아픔, 묻는다, 고맙기는, 두렵다, 힘들어, 모르겠소, 아프다, 저세상, 천국 … 이런 단어들이 고스란히 다 철학적이다. 거기다 그는 "세상이 왜 이래", "세월은 왜 저래", "어떤가요"라고 묻는다. 다 철학이 아니라고 할 수 없는 육중한 질문들이다. 실제로 소크라테스의 철학적 질문들도 이와 크게 다르지 않았다. 물론 그의 주제들은 덕, 진, 선, 미, 정의, 우정, 경건, 절제, 용기, 사랑 … 등등 더 넓고 높고 깊은 것이었지만 그가 이런 물음을 물은 배경에는 "세상이 왜 이

래?'라는 근본적인 문제 제기가 깔려 있었음을 부인할 수 없다. 그런 점에서 소크라테스와 나훈아는 한통속인 것이다.

나는 특히 "아픔을 그 웃음에 묻는다"와 "고맙기는 하여도 … 두렵다", "아프다 세상이 눈물 많은 나에게", "어찌 알겠소. 모르겠소"라는 구절을 압권이라고 평가한다. 무엇보다 '아픔'이라는 단어가 찡하게 내 가슴에 울려온다. '힘들어'라는 단어도 마찬가지다. 백 퍼센트 공감이다. 이 세상에 아프고 힘들지 않은 인간이 어디 있겠는가. 부인할 수 없는 진실이다. 그 또한 예외일 수 없다. 그는 '세상'에 대해서도 '세월'에 대해서도 아픔과 두려움을 느낀다. 물론 '왜'라고 물어본들 정답은 없다. 소크라테스도 묻기만 했지 정답을 알려주진 않았다. 모른다는 사실을 안다는 것이(즉, '무지의 지'가) 그의 철학의 가장 숭고한 부분이었다.

그런데 실은 아픔의 토로 그 자체가 이미 하나의 철학이다. 우리를 아프게 하는 세상을 향해 주먹을 휘둘러봤자 뭐 별 뾰족한 수도 없다. 물론 하는 데까지 해보는 게 우리의 삶이기는 하다. 단 너무 크게 기대하지는 말자. 어차피 세상은 크게 달라지지 않는다. 그게 이 세상을 실제로 살아본 나의 잠정적 결론이기도 하다. 그래서 나훈아의 방법론은 나름 유의미하다. "어쩌다가 한바탕 턱 빠지게 웃는다 / 그리고는 아픔을 그 웃음에 묻는다" 바로 이거다. 일종의 승화 혹은 달관이다. 대중가수 나훈아는 한 70년 살고서 이렇게 철학적인 인간으로 성장했다. 적어도 한국사회에서는 그도 칸트나 헤겔 못지않은, 아니 어떤 의미에서는 저들보다 더 큰 의미를 갖는다고 나는 평가한다. 훈아형에게 삼가 경의를 표한다.

테스형! 너 자신을 알라고요?

테스형! 아세요? 최근에 형은 우리 한국에서 2,400년 만에 다시 유명인사가 되었답니다. 신화적인 가수 나훈아형 덕분이죠. 그 노래 한번 들어보실래요?

어쩌다가 한바탕 턱 빠지게 웃는다 / 그리고는 아픔을 그 웃음에 묻는다 / 그저 와준 오늘이 고맙기는 하여도 / 죽어도 오고 마는 또 내일이 두렵다 / 아! 테스형 세상이 왜 이래 왜 이렇게 힘들어 / 아! 테스형 소크라테스형 사랑은 또 왜 이래 / 너 자신을 알라며 툭 내뱉고 간 말을 / 내가 어찌 알겠소. 모르겠소 테스형

울 아버지 산소에 제비꽃이 피었다 / 들국화도 수줍어 샛노랗게 웃는다 / 그저 피는 꽃들이 예쁘기는 하여도 / 자주 오지 못하는 날 꾸짖는 것만 같다 / 아! 테스형 아프다 세상이 눈물 많은 나에게 / 아! 테스형 소크라테스형 세월은 또 왜 저래 / 먼저 가본

저세상 어떤가요 테스형 / 가보니까 천국은 있던가요 테스형

아! 테스형 아! 테스형 아! 테스형 아! 테스형

가사도 곡도 범상치가 않습니다. 어쩌면 이 땅에서 형보다 더 유명할 수도 있는 훈아형이 형을 띄워주었으니, 요즘 인기가 바닥을 치고 있는 철학업자로서는 감읍할 따름이죠. 특히나 형을 공자, 부처, 예수와 한 묶음으로 만들어 이른바 '궁극의 철학'이라 선전을 해온 나로서는 더욱 그럴 수밖에요. 훈아형의 이런 넋두리가 형에게 가 닿을 턱은 없겠지만, 만일 형이 이 노랠 듣는다면… 하고 상상을 해봅니다. 뭔가 머릿속에 그림이 그려지네요. 형의 장황한 말이야 날이 저물도록 이어질 수도 있겠지만, 2,400년 전 아테네에서 매번 그랬듯이, 속 시원한 대답을 내놓진 않겠지요. 그 대답은 네가 직접 네 안에서 찾아내라고, 유도만 하는 이른바 '산파술(maieutike)'로 대응을 하실 테니까.

그래도 한 가지, "너 자신을 알라며 툭 내뱉고 간 말을 / 내가 어찌 알겠소. 모르겠소 테스형"이라는 훈아형의 말에는 어쩌면 반색을 하실 거라고 짐작이 됩니다. "모르겠소"라는 이 말은 형이 그토록 강조했던 소위 '무지의 지'와 통하는 거니까요. 이건 자기성찰 및 겸손이라는 덕과 이어진 것이고 그 뒷면에는 세상을 탁하게 하는, 꼴불견일 뿐만 아니라 위

험하기까지 한, 오만 즉 '잘난 체'라는 것이 설치고 있으니까요.

그런데 테스형, 형의 지명도에 비해 사람들은 의외로 형에 대해 잘 모릅니다. "너 자신을 알라(gnothi seauton)"라는 말의 지적 소유권이 실은 형에게 있지 않다는 것, 7현인의 한 사람인 킬론의 말이라는 것, 이것이 델포이의 아폴론 신전에 내걸려 있었다는 것, 그걸 형이 즐겨 인용하였기에 형의 말처럼 유포되었다는 것, 이런 기본적인 것들도 잘 모릅니다. "악법도 법이다"라는 말도 마찬가지죠. 형은 그런 취지의 행동을 했을 뿐 직접 그런 말을 한 적은 없죠.

그러니 형이 이 말을 즐겨 인용한 그 배경도 사람들은 제대로 알 턱이 없죠. 어느 날 형을 따르던 제자 카이레폰이 델포이의 아폴론 신전을 찾아가 "이 세상에 소크라테스보다 더 현명한 사람이 있는가?" 하고 물으며 신탁을 구했고, "소크라테스보다 더 현명한 사람은 없다"는 신탁이 내렸고, 카이레폰은 기쁘게 그 소식을 형에게 전했고, 형은 그걸 납득하지 못했고, 자타가 인정하는 현자들(정치인, 문인, 기술자들)을 직접 만나며 대화로 그걸 확인하려 했고, 결국 그들이 모두 우리가 진정으로 알아야 할 것들에 대해 제대로 알지 못하더라는 것, 그러면서 그걸 모른다는 사실조차도 모르더라는 것, 형 자신은 그래도 모른다는 사실은 알고 있으니, 그것 하나를 더 안다는 것, 그래서 신이 그런 신탁을 내렸구나 이해하게 됐다는 것, 그런데 바로 그런 과정에서 오만한 '그들'의 자존심을 건드렸고, 그래서 그들의 미움을 사게 됐고, 그래서 결국 법정에 고발을 당했고, 재판을 받았고, 유죄 판결에 사형이 선고되었고, 감옥에 갇혔고, 탈출의 기회를 스스로 거부하며 의연히 독배를 들고 세상을 떠났다는 것 등등. "너 자신을 알라"는 그 말의 뒤에 깔린 이런 사정들도 사람들은 제대로 알지 못합니다. 제대로 알아야 할 것들을 네가 제대로 모른다는 것, 그걸 우선 알아야 한다는 것, 형은 그걸 말하고 싶었던 거죠.

물론 형은 '죽음 이후'에 대해서는 그게 현세보다 더 좋을지도 모른다는 기대를 하고 있었으니 "먼저 가본 저세상 어떤가요 테스형 / 가보니까 천국은 있던가요 테스형"이라는 훈아형의 질문에 대해서는 할 말이 많으시겠지만, 우리가 그걸 들어볼 길은 없으니 아쉽네요.

훈아형의 저 노래를 들으며 아마도 많은 사람들이 "너 자신을 알라"는 말을 각자 자기 식으로 새겨보았을 겁니다. 그런데 자기 자신이 누군지 어떤 사람인지, 그걸 제대로 아는 사람이 도대체 얼마나 될까요? 이건 철학의 영원한 주제이기도 하죠. 그 대답이 간단할 턱이 없죠. 그래도 최소한 잘 모른다는 건 알아야겠죠. 모르면서 모르는 줄도 모르고 아는 척하는 게, 더욱이 잘난 척하는 게 문제인 거죠. 형 자신이 직접 당해봤듯이 그건 위험한 거니까요. 그 아는 척함이, 잘난 체함이 형을 죽음으로 몰아넣었으니까요. 그런 점은 저 예수 그리스도의 경우도 완전히 똑같습니다. 바리새인, 제사장, 그런 사람들의 아는 체함, 잘난 체함이 예수를 미워하게 했고 결국 십자가에 못 박아 죽게 만들었으니까요. 이게 보통 문제가 아닌 거죠.

모르는 건 모른다고 인정하는 것, 그런 겸손이 필요하고 중요하다는 건 형뿐만 아니라 우리 동양의 공자도 노자도 강조한 적이 있었죠. 현실은 동서 가를 것 없이 똑같으니까요. 형이 그들을 안다면 참 반가울 텐데… 공자는 "지지위지지 부지위부지 시지야(知之謂知之 不知謂不知 是知也: 아는 것을 안다고 하고 모르는 것을 모른다고 하는 것, 이것이 안다는 것이다.)"라고 말했고, 노자는 "지부지, 상의, 부지지, 병의. 성인불병, 이기병병. 시이불병(知不知, 尚矣, 不知知, 病矣. 聖人不病, 以其病病. 是以不病: 모르는 게 뭔지 아는 것은 우러를 일이다. 아는 게 뭔지 모르는 것은 병이다. 성인은 병이 아닌데, 그건 병을 병으로 여기기 때문이다. 그래서 병이 아니다.)"이라고 말했죠. 표현이 다를 뿐, 그 내용과 취지는 같은 거죠. 노자는 '무지의 지'를 분명하게 말하고 있죠. 참 대단한 형들입니다. 존경스럽습니다.

형을 무척이나 따랐던 수제자 플라톤이 남겨준 형의 대화록들을 읽어보면 형이 알고자 했던 게 어떤 건지가 분명히 드러납니다. 덕, 진, 선, 미, 정의, 용기, 우정, 사랑, 지혜, 경신 … 형이 평생 입에 담았던 단어들이지요. 형은 이런 게 진정으로 의미하는 게 뭔지 그 실질적인 내용을 알려고 했던 거죠. 입에 발린 말이 아니라, 그리고 지적 대화를 위한 한낱 지식으로서가 아니라, 구체적인 삶의 맥락에서, 사회적 현실에서 이런 게 펄떡거리며 살아 있었던 거죠. 형에게는 '앎'과 '함'과 '됨'이 하나인 삼위일체였으니까요.

아마도 훈아형은 이 세상에서 한 70여 년 인생이란 걸 살아보고 이런 게 정말로 중요한 거라는 걸 깨닫게 된 모양입니다. 그러니까 저런 노래를 부른 거겠죠.

지와 무지, 안다와 모른다, 특히 그 무지에 대한 지, 모른다는 것을 아는 것, 이게 도대체 뭐기에 형은 거기에 목숨까지도 걸었던 건가요? 안다와 모른다는 건 사실 엄청난 차이라는 걸 사람들은 또 의외로 잘 모릅니다. 쉽게 생각해보면, 시험문제의 정답을 안다와 모른다, 물에 빠졌을 때 헤엄 칠 줄을 안다와 모른다, 현관문의 비밀번호를 안다와 모른다, 그런 데서도 그 차이는 확연히 드러납니다. 말기 환자의 경우 치료법을 안다와 모른다는 더욱 그렇죠. 그런데 정작 중요한 것은 '무엇을' 아느냐 모르느냐, 그거겠죠. 내용이죠. 삶에서 중요한 것은 하나둘이 아니겠지만, 형은 마지막 순간까지도 돈이나 지위나 명성 같은 그런 것만 추구하지는 말라고 강조했었죠. 그 대신 말했던 게 덕, 진, 선, 미, 정의 … 그런 가치들이었죠. 형의 표현을 빌리자면 '성찰' 그리고 '영혼의 향상', 그게 형이 지향한 방향이었죠. 그런 게 아직도 유효한 세상이기를 나는 기대해봅니다. 형, 테스형, 소크라테스형, 존경스러운 선배님, 거기서 내내 평안하시기를 삼가 기원합니다. 나도 곧 형이 떠났던 그 나이가 되어가네요. 일찍 형을 만나러 갈 생각은 아직 없지만….

어느 봄날, 늙은 철학교수의 자랑질

페이스북에 이런 걸 올렸더니 뜻밖에 손님들의 호응이 좋았다. 이런 것도 일종의 시대적 풍경이라는 느낌이 들었다. 있는 그대로 소개한다.

[게시글]

평소에 혐오하던 '자랑질'을 좀 해야겠습니다. 벗들의 너그러운 양해를 바랍니다.

미증유의 코로나 사태로 인한 지난 학기의 소위 비대면 수업이 끝나고 뜻밖에 한 학생이, 그것도 1학년 신입생이, 아래와 같은 수업 소감을 전해왔습니다. 요즘 아무도 거들떠보지 않는 '지방대학'에도, 이런 수업과 이런 선생과 이런 학생이 있다는 것을 세상에 좀 알리고 싶어졌습니다.

이 수업의 '분위기'는 예전에 내가 직접 경험해보았던 도쿄대, 교토대, 규슈대, 하이델베르크대, 프라이부르크대, 하버드대, 베이징대, 베이징사범대의 수업보다 조금도 못하지 않았습니다. 진지하고 유쾌한 분위기를 만들어주었던 120개의 똘망똘망한 젊은 눈망울들에게 감사를 드립니다.

[첨부글]

〈각(角)의 작은 변화, 어쩌면 나비 효과를 일으킬〉
예술대학 음악과 1학년 노○랑

1. 인연의 시작, 첫 만남

내가 이 과목을 처음 만난 것은 1학기 개설 강좌란을 확인하면서였다. 나는 올해 신입생이었기에 대학이라는 곳에서는 과연 무엇을 배워나갈 수 있을지 기대 어린 호기(好奇)가 서려 있는 상태로 과목명단과 강의 계획서들을 찬찬히 훑어 내려갔다. 대부분의 수업들은 과목명을 통해 그 내용이 짐작 가능하였다. 그러나 '인생론'은 그 이름만으로 내용을 추측하기에는 인생이라는 단어가 아우르는 폭이 광범위했다. 나름 고민할 결과, 그 내용이 무엇이든 인생을 다루는 강의라면 학문의 장이라는 대학에 다니는 학생으로서 들어볼 가치가 있다는 판단이 섰다. 마침 전공 수업과 시간이 겹치지도 않았다. 그렇게 수강 신청에 성공하였다.

2. 당연한 것을 당연하지 않게 바라볼 줄 아는 관점

모든 수업이 비대면으로 진행된다는 소식에 혼란스러워하기도 잠시, 첫 번째 과제가 주어졌다. 촬영된 유튜브의 교수님 강의를 시청한 후 그에 대한 의견을 제출하는 것이었는데, '인생에 대한 여섯 가지 질문'이 그 주제였다. '우리는 누구로 사는가?'(삶의 주체), '우리는 언제를 사는가?'(삶의 시간), '우리는 어디서 사는가?'(삶의 장소), '우리는 무엇을 하며 사는가?'(삶의 내용), '우리는 어떠한 인생을 사는가?'(삶의 성격), '우리는 왜 사는가?'(삶의 이유). 삶의 근본을 육하원칙에 따라 재점검해보는 질문들. 교수님께서는 철학을 "당연한 것을 뒤흔들어 낯설게 만드는 것"이라고 정의 내리셨다. 위 여섯 가지 질문은 철학이 어려울 것이라 생각하고 지레 겁먹은 것이 무색할 정도로 단순한 질문들이다. 아마 지나가는 유치원생에게 물어도 자신만의 답이 나올 것이다. 그러나 곱씹으면 곱씹을수록, 생각하면 생각할수록 알맞은 답을 내어놓기가 어려운 문제라고 느껴졌다. 사람이 의지를 가지고 삶을 끊임없이 점검하지 않으면 그저 흘러가는 대로, 어쩌면 짐승과 같은 삶을 살아갈지도 모른다. '이성을 가진 존재'. 교수님은 이를 인간의 종차(種差)라 가르쳐주셨다. 가벼워 보이지만 절대로 가볍지 못한, 어쩌면 살아가면 살아갈수록 '나다운' 답을 찾아내기가 힘들지도 모르는 저 질문들이 '인간다운' 길을 걸어갈 수 있는 기회를 내게 준 것이라는 생각이 들었다. 걸어가는 길의 각도가 미세하게 변할지라도, 그 길을 가다 보면 그 각은 점점 벌어질 테고, 결국 처음의 그 작은 변화에서는 전혀 상상하지 못하였던 완전히 다른 길을 가게 된다는 말이 있다. 교수님의 저 질문들이 바로, 작지만 큰 각의 변화를 던져준 것이다. 그리 되길 바란다.

3. 큰 숲속에서 함께 하나하나의 나무 들여다보기

수업은 그렇게 각자에게 큰 질문의 틀이 주어진 후, 그 질문에 딸린 부제들에 관하여 펼쳐지는 교수님의 이야기를 듣는 것으로 진행되었다. 모든 수업은 공휴일에 수업일이 겹치는 것과 같은 특별한 경우가 아니고서는 실시간으로 비디오와 음성, 피피티 화면을 송수신하는 줌(zoom) 프로그램을 통해 이루어졌다. 교수님의 강의가 신기했던 점은, 분명 맥락 없는 잡담과 같이 시작된 이야기들이 결국 모두 교수님께서 오늘 우리에게 가르쳐주시고자 했던 개념으로 수렴한다는 것이었다. 인생의 갈래 하나하나가 모여, 마치 시냇물 줄기가 강으로, 바다로 향하는 것을 수업을 통해 보고 있는 것 같았다.

"인생을 주제로 내건 근원적이고도 종합적인 철학적 사유와 언어들." 이것이 바로 교수님께서 내리신 '인생론'의 정의다. 우리가 인생에 관해 논의하고자 하는 이유가 무엇인가에 대한 답은 만남, 인연, 인간의 발견, 인생의 발견, 비범한 평범(상당히 와 닿은 내용이었다. 모든 것이 조화롭게 흘러가는 그 '평범'은 실로 '비범'한 것이라는 말) 등을 앎, 인생에 대한 전체적─종합적 시야의 확보였고, 이를 전달하는 교수님의 방식은 새로운, 상식의, 친근한, 쉬운, 친절

한, 부드러운, 사랑의, 따뜻한, 자상한, 문화로서의 철학이었다. 일반적으로 '철학'이라 함은 편안하고 쉬운 학문이 아니다(물론 어느 학문이 쉽겠느냐마는). 학문 중에서도 복잡하고 심오한 것, 머리 아픈 것. 이것이 통속적으로 '철학'을 바라보는 시선이다. 한 학기 동안 이 잘못된 고정관념을 완전히 깰 수 있었다. 아니, 완전히는 아닐지도 모른다. 감히 완전히라 자신할 수는 없다. 그러나 적어도 50퍼센트 이상은 한결 철학을 바라보는 시선이 따뜻하고 편안해졌다 할 수는 있다.

3-1. 가장 가깝지만, 어찌 보면 가장 멀었던 '나'

교수님께서는 첫 번째 질문이었던 '우리는 누구로 사는가?' 즉, '나는 누구인가?'의 답을 열한 가지로 나누어주셨다. '주연으로서의 나', '타인(조연)으로서의 나', '세인으로서의 나'(얼굴 없는, 이름 없는 자기. 예를 들면 군중 속의 불특정 삼인칭), '신분적 존재로서의 나', '관계적 존재로서의 나', '공공적 존재(시민, 국민)로서의 나', '육체적 존재(몸, 신체)로서의 나', '정신적 존재(영혼, 마음, 인격)로서의 나', '마음의 소유주로서의 나', '생명으로서의 나', '인간으로서의 나'. 이 중 가장 쉽고 낮은 단계는 '주연으로서의 나'라고 생각한다. 누가 가르쳐주지 않아도, 깨우쳐주지 않아도, 갓 태어난 아이조차도 세상을 자기중심적으로 바라볼 줄은 안다. 그리고 이 사회를 살아감에 있어 가장 필요한 '자신'은 바로 '신분적 존재로서의 나'일 것이다. 부모님의 딸, 동생의 누나, 조부모님의 손녀, 친척 어른들의 조카, 선생님-교수님의 학생, 친구의 친구 …. 열거하자면 끝도 없이 나열할 수 있는 '관계 속에서의 나'. "인생의 행복은 절반 이상이 바로 이 신분과 함수관계에 있다"는 말이 기억에 남는다. 이 관계 속에서 자신의 역할을 어떻게 해나가는지에 따라 행복할 수도, 불행할 수도 있는 것이 인생이라는 깨달음을 얻었다. 나 자신이 아닌 밖을, 주변을 바라볼 줄 아는 성장한 사람에 한 발짝이나마 가까워질 수 있었던 것 같다. 또, '타인으로서의 나'에 대한 인지가 인상적이었다. 우리 모두가 '남들과 다른 나'로 이루어진 세상이기에, 나는 나로서의 인생을 살면 된다는 것. 교수님의 말씀을 빌리자면 "제비꽃은 제비꽃답게 피면 되고, 민들레는 민들레답게 피면 되는 것"이다. 비교 속에서 살아가는 사람은 끝없이 불행하다. '나다움'을 모른 채 남들만이 '기준'이 된다 생각하고 끊임없이 그를 추구한다. '나'는 결코 '남'이 될 수 없기에 그 결과는 참담할 것이다. 하지 않으리라 노력하지만 그럼에도 불구하고 나 자신을 있는 그대로 인정하지 못한 채 남들과 비교하는 모습이 존재한다. '타인으로서의 나'를 인지함은 아직 미숙한 채 남아 있는 저 부끄러운 모습을 성장시켜줄 것이다. 그 성장의 이유와 의지가 되었다. 씨앗이 된 이 개념들이 시간이 흐름에 따라 발아하고, 무럭무럭 자라날 것임에는 의심의 여지가 없다.

3-2. 인간 존재임에 대한 감사, 결여 가정

첫 번째 질문에 대한 수업이 마무리되어갈 무렵, 두 번째 과제가 제시되었다. '누구' 중 '인간으로서의 나'를 배울 때에 다룬 막스 셸러(Max Scheler)의 '인간의 다섯 가지 모습'인 종교적 인간, 이성적 인간, 충동적 존재, 공작인, 초인이라는 특성이 각각 없을 경우를 가정해보라는 것이었다. 결여 상황에 대한 가정은 우리가 인간으로서 당연히 가지고 있다고 생각한 특성에 대한 감사를 불러일으켰다. 따라서 나는 이 과제를 통해 '결여 가정'을 배웠다는 것에 굉장한 의미를 둔다. 'ㅇㅇ가 없다면…' 어쩌면 어떤 상황에 처하든 감사할 수 있게 만들어주는 개념일지도 모른다. 감사하는 삶을 살아갈 수 있는 방식이라니, 얼마나 엄청난 것인가. 앞으로 살아가는 삶에 있어 계속하여 적용시킬 수 있는 귀중한 문장을 배웠다.

3-3. 화장지에서 배운 인생을 바라보는 시야

두 번째 질문이었던 '우리는 언제를 사는가?'에 대한 교수님의 답은 흥미로웠다. 언제를 사는지를 논하려면 인간에게는 시작과 끝, 즉 출생과 죽음이 있음을 보아야 하는데, 이 길다면 길고 짧다면 짧은 약 100년의 인생을 두루마리 화장지에 비유해주셨다. "처음 쓸 때는 줄어드는 것을 잘 모르지만 쓰면 쓸수록 그 줄어드는 것이 확연해지고, 일정한 양이 주어지며, 순서대로 그것을 사용해야 하고, 언젠가는 그것을 다 쓰게 된다"는 점이 유사한 특성이라는 것이었다. 이 비유 하나가 많은 것을 알려주었다. 시간의 소중함도 물론 알게 되었지만, 나의 경우에는 인생을 거시적으로 바라보는 시선을 조금이나마 트게 되었다. 현재를 충실히 살아가는 것도 중요하지만,

그러기 위해서는 전체를 볼 필요도 있다. 필수적이라 생각은 하였지만 실천하지 못하였던 부분인데, 두루마리 화장지를 통해 이를 깨우칠 줄은 몰랐다. 유쾌한 깨달음이었다.

3-4. 베이스캠프 알기

세 번째 질문은 '우리는 어디서 사는가?'이다. 처음 이 질문을 접했을 때에는 그 답을 물리적인 공간으로만 한정하여 생각했다. 물론 물리적인 공간도 답이 되긴 한다. 그러나 교수님께서 이 질문을 통해 우리가 깨닫기를 바라셨던 부분은 물리적이기보다는 추상적인, 그 공간이 가지는 '생적 의미'인듯 하였다. 집, 학교, 사회, 직장, 국가, 세계, 지구. 그 속에서의 역할들. 이 중에서도 가장 중요한 것은 일생의 대부분을 살아가고, 베이스캠프가 되는 가정, 그 속의 가족이었다. 이 챕터에서 나온, 인생론의 세 번째 과제는 바로 부모님의 전기를 써서 제출하라는 것이었다. 나의 부모님으로서가 아닌, 내가 태어나기 전의 부모님의 삶. 막상 쓰려고 하니 생각보다 내가 부모님의 삶에 대해 아는 게 많이 없다는 것을 깨달았다. 마주 앉아 들으며 나와 같은 한 사람, 한 인격체로서의 부모님의 인생을 바라볼 수 있는 기회였다. 내가 발 디디고 있는 이곳이 어디인지에 대한 근본적인 고찰이었으며 내 뿌리가 무엇인지 돌아보고, 그에 따라 부모님에 대한 감사의 마음도 키울 수 있는 시간이었다.

집 이외에도 우리가 살아가는 다른 공간들에 대해 배웠고, 많은 이야기를 들었다. 가정을 벗어난 아이들이 가장 오래 시간을 보내는 학교, 최종적으로 학교를 졸업한 후에 향하게 되는 직장, 우리가 살아가는 세계들. 흥미로웠던 부분은 학교의 연장이 직장이 될 수도 있다는 것이었다. 초등학교에 입학하고부터 대학에 다니고 있는 지금까지 수많은 선생님들을 보며 자라왔지만, 학교와 직장의 단계를 따로 구분 지어 생각해본 적이 없었기에 '학교=직장'의 개념이 새롭게 다가왔다. 교수님의 경우에는 8살부터 지금까지의 생애가 학교에 담겨 있는 거라고. '학교'라는 공간이 참 다양한 의미를 품고 있다는 생각이 들었다. 그래도 학교의 '본질'은 '배움'이라는 사실을 잊지 말아야 한다는 말씀도 들었다. 끊임없이 본질을 추구하고자 노력하지 않으면 옆길로 새기란 얼마나 쉬운가. 매 순간 학생의 신분을 잊지 않고 내가 여기에서 '배울 수 있는 것'이 무엇인지 생각하겠다고 다시 다짐할 수 있게 되었다.

그리고 늘 강조하여도 지나치지 않는 '지속 가능한 지구'에 대한 이야기. 이 지구에 살아가는 존재로서 지켜주어야 하고, 윗세대가 지켜왔기 때문에 우리가 누리며 살아가고 있는 것들이 있다. 그 누림에 감사하며 우리 다음 세대도 계속하여 이 지구에서 괜찮은, 인간다운 삶을 영위할 수 있도록 흥청망청 '소비'만 할 것이 아닌 '절제'하여야 한다는 사실을 다시 한 번 마음에 새길 수 있었다.

4. 홀로 마무리할 수 있는 힘

총 여섯 개의 질문 중, 세 번째 질문까지를 마무리하자 15주차라는 주어진 학 학기가 다 끝나 있었고, 나머지 세 질문은 교재를 읽고 각자 정리해오라는 마지막 과제를 통해 공부할 수 있게 되었다. 수업 시간에 교수님과 함께 풀어나가던 문답들을 혼자 정리할 수 있을까 막막하였는데, 막상 시작해보니 수업을 듣던 기억들과 마지막 수업 날 교수님께서 읊어주신 인생 전반에 관한, 출생부터 죽음까지의 조언이 토대로 남아 있어 그리 어렵지만은 않았다. 마지막 수업의 내용이 교재의 가장 마지막 챕터로 실려 있었는데, 책의 다른 부분도 정말 값지고 새겨야 할 내용들이 많았지만, 마지막 부분을 보며 이 책은 평생 가지고 가야겠다 마음먹었다. 인생의 진리들을 단순 구어체가 아닌 이론적으로 정리해놓은 글을 볼 기회는 드물겠다, 지금 내가 이 책을 읽을 때 배우는 것과, 5년 뒤, 10년 뒤, 20년 뒤, 30년 뒤에 읽으며 배우는 것, 느끼는 것이 매 순간 다르겠구나 싶었다.

"교수님, 저는 이제 모든 것을 '인생이구나' 하며 바라보게 될지도 모릅니다. 행복도 기쁨도, 고통도 슬픔도 좌절도 모두 인생의 한 부분이겠거니 하고 흘러가게 놔둘 수만 있다면, 지나가는 행복에 과히 좌지우지되지 않고, 잠시 반짝였다 사라지는 것들을 애써 붙잡으려 하지 않고, 주어진 고통과 슬픔을 잠시 지나가는 바람이라 여길 수 있고, 그 속에 갇혀 자신만의 늪 속으로 빠져들지 않을 수 있다면, 내게 주어진 것들에 감사하고, 그 안에서 할 수 있는 것에 치중하며, 그로 인해 더 나은 가치를 얻을 수 있다면, 획일적인 기준 속에서 남보다 더 나아보겠다고 경쟁하는 것이 아닌 모두의 다양함이 인정되는 속에서 자신만의 길을 묵묵히 갈 수 있는, 그런 흔들리지 않을 굳건함을 가진다면, 선행을 베풀고도 홀로 조용히 미소 지을 수 있는 정신적 성숙이 있다면, 지금 내게 주어진 이 순간, 이 당연하지만 비범한 '일상'들을 소중히 여길 수 있는 사고가 있다면, 사람들과 유연히 어울려 화합을 추구할 수 있다면, 비록 고독할지라도 정의에 입각한 욕구의 길만을 선택할 수 있는 옳음이 있다면, 훗날, '내 인생 어떠하였나' 돌아보았을 때에 '꽤 괜찮게 살아왔다, 좋았더라' 미소 지을 수 있을 것 같습니다. 한 학기간의 수업이 제게 남겨준, 가르쳐준 것들입니다. 그렇게 거시적으로 또한 미시적으로 인생을 크게 보며, 곱씹으며 살아가게 될 것입니다."

내가 나머지 세 질문을 정리하는 과제의 마무리 부분에 쓴 내용 중 일부를 그대로 가져온 것이다. 교수님 수업을 듣는 강의 시간이 끝났으므로 나머지 세 질문은 그냥 넘어가버릴 수도 있었는데도(꼭 나머지 세 질문도 공부해보겠다 다짐하였어도 다짐만 할 뿐 끝끝내 하지 못했을 확률이 높다) 과제로 주어졌기에 차근차근 살펴볼 수 있었다. 사람은 어느 정도의 강제성이 주어져야만 하는 습성이 있다. 반드시 제출하여야 하는 과제가 아니었다면 저 귀한 내용들을 모두 놓쳐버렸을지 모른다. '인생론'이라는 과목의, 배움의 매듭을 완전히 지을 수 있게 해주신 것이라 생각한다.

5. 마무리하며

비대면 수업이라는 사상 초유의 사태가 벌어지며 모두들 서투른 와중에 시작된 학기였지만, 그렇기에 오히려 배움이라는 본질에 더욱 충실할 수 있었던 시간이 아니었던가 싶다. 대면이었다면 더 많은 이야기들을 들을 수 있었을지도 모른다. 그러나 매 수업을 줌(zoom)을 통해 실시간으로 진행함과 동시에 구글에서 제공하는 클래스룸 서비스를 통해 운영되었던 댓글 시스템은 대면에 못지않은, 오히려 더 나은 수업 효과를 이끌어낸 것이 아닐까. 아마 이 수업은 대학 4년 내내, 대학을 졸업하고도 앞으로 살아가는 모든 길에서 문득문득 떠오를지도 모른다. 단지 '인생론'이라는 강좌명에 이끌려, 마침 그 시간대에 수업을 들을 수 있을 것 같아 우연히 선택하였던 수업에서 인연을 배웠다. 즉, 인생을 배웠다. 이미 변화는 던져진 것이다.

내가 이 학교에서 이 강의를, 1학년 1학기, 가장 첫 수업으로 들을 수 있었음에 감사한다. 학년에 상관없이 반드시 들었으면 하는, '교양'다운 교양 수업이라 생각한다. 미세하지만 이미 다른 곳을 지향하게 된 각도 있고, 지금의 교훈을 통해 앞으로 살아가며 점점 바뀌어 나갈 각도 있을 것이다. 이 모든 것이 일으키는 바람이 하나로 수렴하여, 인생을 조화로운 좋음으로 가꾸어나가는 품위 있는 삶, 우리가 궁극적으로 추구하여야 하는 인생을 만들어가지 않을까 싶다. 그리할 것이다. — (印)

[댓글들]

A: 제게도 매우 감사한 글, 잘 읽었습니다.

B: 우와! 멋진 학생의 앞날이 기대됩니다.자랑하실 만합니다.
　저희 아들에게도 보여줘야겠어요.

C: 이런 글은 대놓고 자랑해야 합니다! 덕분에 내 자신을 돌아보
　게 되었습니다!

D: 논리정연하고 호소력 있으며 생각이 깊은 학생입니다. 장래가
　기대되는 학생입니다. 자랑스럽습니다.

E: 30 수년 교수로서의 삶이 헛되지 않으셨네요. 정년퇴직의 선
　물로 삼으셔도 좋을 듯.

궁극의 철학

우리 학교 평생교육원에 '여성지도자과정'이라는 게 있는데, 거기서 특강을 해달라고 해서 코로나 이후 오랜만에 강단에 서게 되었다. 좋았다. 30대에서 60대에 걸쳐 다양한 연령대의 여성들이 한 50여 명 모여 있었다. 지도자들이라 그런지 표정에서는 여유가 느껴졌다. 가벼운 농담도 해가며 편안하고 즐거운 분위기에서 이야기를 풀어나갔다.

제목은 좀 거창했다. '궁극의 철학'. 너무 무거워 살짝 염려도 없지 않았지만 꼭 하고 싶었던 이야기였다. 40 수년에 걸친 내 철학 여정의 마지막 도달점이다. 청중들에게 솔직히 말했다. "이게 오늘 여기서 처음 하는 이야기는 아닙니다. 예전 미국 하버드대학에서 그리고 일본 교토대학에서 같은 주제, 같은 제목으로 강연을 한 적이 있습니다. 그때 분위기와 호응이 아주 좋아서 오늘 여러분들께도 기대가 큽니다…" 그렇게 은근슬쩍 자극하며 관심을 유도했다. 차이가 있다면 그때는 온전히 말만 하는 아날로그였고 이번엔 PPT를 사용한 디지털 방식이라는 것이다. 나는 TV 세대, 유튜브 세대 이전의 라디오 세대라 솔직히 전자를 더 선호한다. 그러나 시대의 이기를 굳이 마다할 이유도 없다.

"느닷없지만…" 하고 나의 이른바 〈눈의 철학〉을 소개하며 이야기를 시작했다. 〈도덕의 발견〉이라는 자작시도 소개했다.

창은 네모다 / 책은 네모다 / 폰은 네모다 / 티비도 네모고 / 피씨도 네모고 / 신문도 네모다 / 모두 네모다 / 세상과 인생이 네모 속에 다 있다 / 네모는 굉장하다 / 그런데 / 보는 눈은 동그라미다 / 눈이 없으면 다 소용없다 / 고로 / 원만한 것이 모난 것보다 낫다

엄청난 '볼 것'들과 함께 그것을 보는 눈의 중요성을 말한 것이다. 원만한 도덕성은 덤이다. 소개한 부분은 이렇다.

[…] 그래서 나는 말하고 싶다. 누구에게나 다 눈은 있지만 눈이라고 해서 다 똑같은 눈은 아니다. 그 눈이 무엇을 보는 눈이냐에 따라 눈의 종류가, 눈의 질이 달라지는 것이다. 누군가의 눈은 한 치 앞도 못보고 누군가의 눈은 10년, 100년을 내다본다. 누군가의 눈은 이익만 보고 누군가의 눈은 의로움을 본다. 누군가의 눈은 나무만 보고 누군가의 눈은 숲을 본다. … 그 모든 것이 다

눈인 것이고 그 모든 것이 다 보는 것이다.

우리는 지금 어떤 눈으로 무엇을 보고 있을까? 뭐 눈에는 뭐만 보인다고 설마하니 그런 뭐 같은 것만 보고 있는 일은 없어야겠다. 철학의 눈으로 보면 세상에는 우리가 진정으로 보아야 할 것들이 너무나 많다. 진, 선, 미, 덕, 정의 … 그런 것들. 그런데도 사람들은 그런 것을 잘 보지 않는다. 아예 보려고도 하지 않는다. 흰 눈을 뜨고 백안시한다. 문학도 역사도 철학도 이젠 사람들에게 외면당한다. 세상의 눈은 그저 돈만 바라본다. 자리만 바라본다. 명성만 바라본다.

사람이 사람을 바라보는 눈에도 온기가 없다. 사람들은 곧잘 날선 눈으로, 모난 눈으로 사람을 바라본다. 그런 눈초리가 사람에게 닿으면 아파진다. 상처가 난다. 더러는 가슴속에 피도 흐른다. 사람의 눈동자가 동그란 것은 둥글게 원만하게 바라보라는 의미인지도 모르겠다.

[…] 바야흐로 철학의 안경이 필요한 시대다. 가까이를 못 보는 원시도 너무 많고, 멀리를 못 보는 근시도 너무 많다.

누구에게나 눈은 있지만, '뭘 보느냐가 중요하다'는 말을 하고 싶었다. 그러면서 내가 '기축철학', '대표철학', '궁극의 철학'으로 규정하고 평가하는 공자-부처-소크라테스-예수(가나다순)의 철학을 소개했다. 엄청나게 방대하고 오묘한 가치체계다. 위대하고 거룩한 세계다. 그걸 나는 과감하게 각각 글자 하나로 축약했다. '정-도-지-회(正度知悔: 바로 잡는다-건넌다-안다-뉘우친다)'가 그것이다. 문장으로는 "반드시 이름을 바로잡겠다", "아제아제 바라아제 바라승아 제 모지 사바하(가세 가세 건너가세 모두 건너가서 무한한 깨달음을 이루세)", "너 자신을 알라", "회개하라. 천국이 가 까웠나니"라는 바로 그것이다. 이 각각의 글자 하나, 문장 하 나에 저 위대한 인물들의 핵심 사상이 녹아 있다. 잘못된 이 름들을 바로잡고, 온갖 괴로움을 건너고, 소중한 가치들과 그것에 대한 자신의 무지를 알고, 이웃들과 하나님을 사랑하 지 않는 인간의 죄를 뉘우치는 것, 이것보다 더 숭고한 철학 은 없다는 게 그 핵심이다. 그 공통된 배경이 '우리 인간들이 실제로 처한 문제적 상태'라는 것도 알려줬다. 현상을 '뒤집 어 읽기' 해보면 그게 드러난다. 온갖 부정, 온갖 고통, 온갖 무지, 온갖 죄악. 그것을 제대로 인식해야 저들의 철학도 비 로소 온전히 이해될 수 있다. 그것은 한갓된 지식들이 아닌 것이다. 그 글자 하나가 곧 삶이요 지향해야 할 '별' 같은 것 이다. 저 각각의 글자 하나에서 우리가 아는 온갖 철학적-종 교적 주제들이 방사선으로 퍼져 나간다. 인의예지신, 충효 …, 3법인, 4성제, 8정도, 12연기 …, 진선미, 덕, 정의, 우정 …, 용서, 화평, 온유, 긍휼, 사랑 … 등등 한도 끝도 없다.

우리는 삶의 과정에서 한 번쯤은 저런 주제들로 우리의 눈 길을 돌려야 한다. 돈과 지위와 명성, 이른바 부귀공명의 추구를 섣불리 지탄할 수는 없지만, 그게 다가 아님은 인정할 수밖에 없다. 즉 '진정한 가치의 세계'가 따로 있는 것이다. 소크라테스 식으로 말하자면 '영혼의 향상'을 추구해야 하는 것이다. 왜? 그게 인간이니까. 그래야만 인간이니까. "성찰하지 않는 삶은 인간의 삶이 아니다"라고 그가 말한 대로다.

그래서 나는 마지막으로 이렇게 말했다.

눈이여 지금 그대는 무엇을 보고 있는가 / 귀여 그대는 지금 무엇을 듣고 있는가 / 아, 그리고 그대 입이여 / 그대는 지금 어떤 단어를 그 혀 위에 올려놓고 있는가….

시대가 아무리 어수선해도, 누군가는 어디선가 계속 이런 소리를 해야 한다고 나는 믿는다. 그게 철학의 임무니까. 그래야 세상이 그나마 그 건강을 유지할 수 있을 테니까. 오아시스 같은 선의 세계가 한 뼘이라도 더 넓어질 수 있을 테니까.

강단철학과 재야철학

　'강단철학과 재야철학', 요즘도 이런 대비가 있는지 잘 모르겠다. 주변에서 거의 들리지 않는다. 아니, 철학이라는 말 자체가 거의 들리지 않는다. 소위 강단철학의 무대인 대학의 철학과 자체가 거의 그 존재감을 상실했다. 취직이 잘 안 되기 때문일까? 전통적 주제였던 세계에 대해서도 사회에 대해서도 인간에 대해서도 삶에 대해서도 철학은 발언권을 잃었다. 이런 현상 자체가 하나의 시대적 풍경일지도 모르겠다. 이 풍경에서는 어떤 쓸쓸함이 묻어난다. 아니, 스산함이 더 정확한 표현일지도 모르겠다.

　철학이 있던 옛 풍경을 아련한 추억처럼 되돌아본다.

　이른바 강단철학은 말하자면 철학사에서 일종의 주류였다. 칸트와 헤겔의 철학이 가장 먼저 떠오른다. 대학에서 교수들에 의해 생산되고 유통되는 소위 '학문적' 철학이다. 현대에서는 '엄밀한 학문으로서의 철학'을 외친 후설의 현상학이 아마 대표적일 것이다. 그 기원을 따지자면 어쩌면 저 고대의 플라톤과 아리스토텔레스까지 거슬러 올라갈 수 있다. 최초의 대학인 아카데메이아와 뤼케이온이 그 철학의 '장(場)'이었으니까. 특별한 기준이 따로 있는 건 아니지만, '강단'만을 기준으로 삼는다면 스토아학파의 철학도 거기에 해당하고 토마스 아퀴나스를 필두로 한 중세 후반의 소위 스콜라 철학도 다 거기에 해당한다. 근세 이후 베이컨 등 영국 철학자들은 대부분 강단과 무관했으나 대륙에서는 칸트, 피히테, 셸링, 헤겔의 것이 모두 강단철학이다. 현대철학은 일부를 제외한 대부분이 강단철학이었다. 무어, 러셀 등이 주도한 분석철학 계통은 특히 그렇다. 실존철학이라고 하지만 내가 전공한 하이데거도 야스퍼스도 그런 셈이다. 호르크하이머와 하버마스 등 프랑크푸르트학파도 물론 그렇다. 심지어 다소 파격적인 푸코와 데리다의 경우도 마찬가지다.

그런데 철학의 역사를 보면 그런 강단철학이 철학의 전부는 절대 아니었다. 소위 재야철학이라는 것이 또 하나의 줄기를 이루었다. 우선 플라톤 이전에는 대학도 교수도 없었으니 초창기의 철학은 탈레스부터 피타고라스, 헤라클레이토스, 파르메니데스 등 대부분이, 특히 소크라테스도 말하자면 재야철학자였다. 아리스토텔레스 이후의 디오게네스나 에피쿠로스나 퓌론 등이 다 그랬고, 로마 시대의 키케로, 세네카, 아우렐리우스 등도 다 강단철학은 아니었다. 알다시피 에피쿠로스는 노예 출신이었고 아우렐리우스는 황제였다. 중세 전반의 대표 철학자 아우구스티누스도 중세 말의 에크하르트도 강단과는 무관했다. 이 시대의 철학자는 대부분 사제였다. 르네상스 시대는 물론, 근세 이후에도 베이컨, 홉스, 로크, 버클리, 흄, 데카르트, 스피노자, 라이프니츠, 파스칼, 몽테뉴 등이 역시 재야에서 활동했고, 현대에도 쇼펜하우어, 니체, 키에케고, 사르트르 등이 역시 그러했다. 마르크스도 졸업 이후 대학이나 교수와는 무관하게 그의 저 대단한 철학을 전개했다. 그들은 재야라 해도 결코 비주류는 아니었다. 엄연한 철학사의 한 정식 축이다.

그런데 재야철학 중에서도 그야말로 비주류로 평가되는 철학들이 있다. 마르틴 부버나 게오르크 루카치나 발터 벤야민이나 한스 요나스 등이 그런 경우다. 대학에서는 잘 다루지도 않는다. 그러나 비주류라고는 해도 이들은 일반 독자들에게 오히려 더 인기를 끈 부분도 있었다. 그 성격과 역할이 강단철학과 달랐을 뿐이다. 힐티도 린위탕도 그런 축일지 모르겠다.

강단철학은 소위 '학문성'과 '논리성'이라는 것을 가치 내지 덕목으로서 강하게 요구한다. 고대에는 아리스토텔레스, 중세에는 토마스 아퀴나스, 근세에는 칸트와 헤겔, 현대에는 후설이 대표적일 것이다. 나는 그 가치를 충분히 인식하고 인정하지만, 그 한계 또한 인정한다. 대학과 교수와 논문식

글쓰기가 원천적으로 한계를 갖기 때문이다. 어쨌든 딱딱하고 재미가 없다.

그 점에서는 재야철학이 강력한 대안이 된다. 그들의 언어는 글보다 말을 통해, 손보다 입을 통해 위력을 발휘한다. 그들은 글을 써도 말처럼 쓴다. 그래서 생동감과 호소력이 있다. 누구보다도 저 공자, 부처, 소크라테스, 예수의 철학이 그렇다. 노자와 장자도 그렇다.

나는 그런 형태로라도 철학이 그 생명력과 영향력을 유지했으면 좋겠다고 기대한다.

정년을 앞두고 연구실의 책을 정리하면서, 나는 논문을 비롯한 상당량의 연구서들을 쓰레기로 버렸다. 강단철학의 한 전형적인 형태다. 엄청난 정성과 비용이 들어갔을 방대한 전집들도 포함해서다. 그게 그들의 인생이었음을 생각하면 딱한 생각이 들 정도다. 미안함도 있다. 그런데 재야철학 계통의 책은 오히려 상당수가 '집으로 가져갈 것'으로서 살아남았다. 극히 개인적인 기준일지는 모르겠지만, 그러한 선별 내지 선택이 시사하는 바가 있으리라고 나는 믿는다. 대학의 철학과들이 폐과되고 철학교수들이 대학을 떠나도 철학 그 자체는 아마 살아남을 것이다. 거리에서 집에서 카페에서, 그리고 바람 부는 들판에서, 입에서 입으로, 머리보다 사람들의 가슴을 파고들면서….

김형석 현상

1950년대 생인 우리 세대가 2020년대를 살고 있으니 제법 오래된 느낌이 있고 앞서거니 뒤서거니 정년퇴임을 하면서 더러는 '원로' 어쩌고 하는 소리도 듣고 있는데, '어딜 감히', 그 앞에서 명함도 못 꺼내는 건 둘째 치고 아예 어린아이가 되고 마는 분이 우리 철학계에 있다. 김형석 교수님이다. 1920년생이시니 올해로 만 101세다. 그런데도 아직 현역으로 활동 중이다. 《백년을 살아보니》를 비롯해 저서도 엄청 많이 내실 뿐 아니라 신문 칼럼도 활발하게 쓰시고 인터뷰도 자주 하시고 이틀에 한 번 꼴로 1년에 무려 200차례 가까운 강연도 소화를 한다니 놀라울 따름이다. 능력도 노력도 대단하지만 천복을 받았다고 아니 할 수 없다. 1993년 하이델베르크에서 92세의 거물 철학자 가다머를 우연히 만나 그 건강과 활동성에 탄복을 한 적이 있는데 김형석 선생은 그 기록도 넘어섰다.

쓰신 글들을 읽어보면 그 지식과 총기가 또한 놀랍다. 방향도 선하고 정권에 대한 비판도 거침이 없다. 건강과 장수는 물론이거니와 그 열정과 태도가 무엇보다 우리 60대 중후반의 젊은이(?)들을 부끄럽게 만든다. "인생의 사회적 가치는 60부터 온다"라는 말에도 옷깃을 여미게 된다.

인터넷(위키백과)에는 그분이 이렇게 소개되어 있다.

김형석(金亨錫, 1920년 7월 6일-)은 한국의 수필가 및 철학자이자 연세대학교의 명예교수, 백세인이다. 연세대학교 철학과 교수, 시카고대학교 및 하버드대학교 연구 교환교수를 역임했고 오스틴대학교에 출강하기도 했다.

[생애]

평안남도 대동군에서 출생한 뒤 숭실중학교에서 윤동주와 함께 도산 안창호에게 사사하였다. 1943년 일본 로마가톨릭교회 예수회가 세운 조치(上智)대학교 철학과에서 학사학위를 취득하였다. 수많은 철학적 수필을 발표하여 독자에게 큰 감명을 주었으며, 1959년 간행한 수필집 《고독이라는 병》은 베스트셀러가 되기도 하였다. 그의 수필은 현대인의 삶의 지표를 제시하기 위해 기독교적 실존주의를 배경으로 현대의 인간 조건을 추구하여 부드럽고 시적인 문장으로 엮어 독자들에게 감명을 주고 있다. 수필집으로는 《영원과 사랑의 대화》, 《오늘을 사는 지혜》, 《현대인과 그 과제》 등이 있다. 규칙적인 식사와 규칙적인 운동 그리고 절제와 노력으로 건강을 유지하고 있다. 그는 이런 삶의 철학으로 살아왔다. […].

[사상 및 철학]

"종교가 교리가 되면 인간이 구속된다. 종교는 진리로 내 안에 들어와야 한다. 그래야 우리가 자유로워진다."

너무 간단한 감이 없지 않지만 그런 만큼 선생의 방향을 간명하게 잘 보여준다.

이분은 우리 세대가 대학생이었던 1970년대에 이미 저명인사였다. 안병욱, 김태길 선생과 함께 에세이 형식의 글로 철학의 대중화에 크게 기여했다. 안병욱 선생이 좀 더 대중적이고 김태길 선생이 좀 더 학문적이며 김형석 선생은 그 중간 정도? 그런 느낌이 있었다. 세 분의 평생에 걸친 우정도 유명하다.

나는 선생을 직접 만난 적도 없고 배운 적도 없지만, 연세대를 다닌 내 형이 그분의 수업을 직접 들었기에 간접적인 인연이 좀 닿아 있다. 1970년대 학생 시절, 하루는 형이 평양 출신인 선생께 같은 마을 출신인 김일성을 직접 만나 아침을 먹으며 대화를 나누었다는 이야기를 수업시간에 들었다며 흥미진진하게 전해준 일도 있었다. 김일성 장군 환영 평양

군중대회에 갔다 온 동네 사람이 "거, 김일성 장군이래 우리 동네 성주야요"라고 했다는 이야기, 그에게 젖을 먹여 키운 적이 있는 선생 부친의 외할머니가 훗날 공산당원에게 자식들을 잃고서 "그놈(김일성) 젖 먹일 때 코를 콱 막아 죽였어야 했는데"라고 했다는 이야기는 그 독특한 평양 억양과 함께 아직도 생생하게 기억난다. 그 전후의 자세한 이야기를 최근에 내신 어느 책에서도 읽었고 40여 년 전의 기억이 되살아나 특별히 반갑기도 했다.

각설하고, 그는 화제가 되고 인기가 있다. 그의 이 인기 비결은 무엇일까? 이 일종의 김형석 현상에 대해서는 어떤 철학적 해석이 가능할까? 생각해본다. 물론 그 말씀의 내용이 기본이겠지만 그것만은 아닐 것이다. 인기를 견인하는 것은 일차적으로 그 '유명함'이다. 가장 결정적인 것은 아마 100세 철학자라는 화제성일 것이다. 건강과 장수는 시대를 초월한 인간의 관심사이기도 하다. 그리고 연륜에서 우러나오는 혹은 실리는 말의 무게가 있을 것이다. 긴 세월이 비로소 사람에게 열어주는 시야와 거기 비치는 삶의 원경은 여러 진실들을 단순화해서 보여준다. 멀리서 바라볼 때만 비로소 달의 둥근 모습이 보이는 것도 비슷한 이치다. 달의 표면이나 짧은 거리에서는 그 둥긂을 볼 수가 없다. 100년을 사신 선생에게는 그런 거리와 시선이 있다. 그리고 세대 내지 시대를 초월하는 문제의식. 선생 자신은 이렇게도 말한다. "내 글에 사람들이 왜 관심을 가져주느냐, 20대부터 50대 사람들이 사회에 갖고 있는 문제의식을 나도 갖고 있거든요. 그러니 대화가 돼요." 그래, 그런 이유도 있을 것이다. 거기에 더해 연세대 교수라는 브랜드 가치도 아마 은근히 작용했을 것이다. 그런 게 책의 판매로도 이어진다. 강연 의뢰로도 이어진다. 하여간 복을 타고나신 거다.

그런데 내가 이분의 인기를 반기는 것은 어쨌거나 그 인기에 묻어서 덩달아 '철학'이라는 것이 사람들 귀에 조금이라도 들리게 되었다는 것이다. 누구나 알다시피 지금 철학의 인기가 바닥을 치고 있다. 우리 사회에서 그 존재감이 거의 없다. 누구도 철학이나 철학자를 찾지 않고 그 언어에 귀를 기울이지 않는다. 아무리 좋은 철학책을 써도 영 팔리지를 않는다. 사람을 사람답게 하는 게 철학일진대 그게 그렇게 사람에게서 멀어져서는 안 되는 것이다.

물론 김형석 교수님은 플라톤, 아리스토텔레스, 아우구스티누스, 아퀴나스, 베이컨, 데카르트, 칸트, 헤겔, 하이데거, 베르크손, 비트겐슈타인, 그런 철학들을 해설하지 않는다. 그래도 상관없다. 그럴 필요도 없다. 그런 건 선생보다 더 우수한 젊은 전문가들도 많으니 그들에게 맡기면 된다. 선생은 그저 '영원과 사랑의 대화' 같은 철학의 옷만 걸쳐주셔도 충분한 의미가 있다. 인생론도 행복론도 엄연히 철학이다. 연륜에서 우러나온 그런 지혜가 존재론이나 인식론보다 더 못하다고는 누구도 말할 수 없다. 선생이 강조하시는 '선', '아름다움', '일', '친구', '공부' … 그런 건 여전히 거듭 강조되어야 할 철학적 가치임에 틀림없다.

어렵게 열려 있는 그 철학의 공간에서 선생이 더욱더 건강하게 더욱더 오래 발언을 이어나가주셨으면 좋겠다. 요즘은 상징과 이미지가 세상을 움직인다.

김용옥 현상

사람에 대한 평가는 어떤 경우든 조심스럽고 내 취향도 아니지만 감상문 정도라면 괜찮지 않을까, 그런 생각이 든다.

'현대 한국사회와 철학'이라는 걸 말할 때 우리는 이제 '도올 김용옥'을 생략할 수가 없을 것 같다. 그는 거기서 확실한 자신의 지분을 갖게 되었으니까. 극성팬들도 상당히 있는 것 같고 이른바 '안티'도 그 못지않게 많은 것 같다. 그 중간 지대에서도 긍정적-부정적 어느 쪽이든 쏠림이 있다는 게 또한 그의 특징인 것 같다. 묘한 그리고 흥미로운 현상이다.

1986년 소위 민주화운동의 과정에서 전국적인 유행처럼 '직선제 개헌'과 '언론-사상-표현의 자유' 등을 요구하는 대학교수들의 시국선언과 서명이 있었고 그 명단은 통째로 신문에 보도되었다. 당시 고려대 철학과 교수였던 그는 그 선언에 서명하지 않았다. 그런데 그는 그 서명자 명단이 언론에 보도되고 얼마 후 느닷없이 '양심선언'을 하며 교수직을 내던지고 삭발을 하면서 유명해졌다. 그가 '뜨게 된' 계기는 그것이었다. 그 후 그는 제도권 밖에서 열정적인 저술 활동, 방송 활동을 하면서, 그리고 몇 가지 기행을 통해 우리 사회에 확실하게 자신의 이름을 알렸다.

나는 그가 '뜨기' 전에 이미 그의 존재를 알고 있었다. 1980년 도쿄대에서 유학 생활을 막 시작했을 때, 어느 날 우연히 사석에서 마주하게 된 중국철학과의 미조구치 유조(溝口雄三) 교수님에게서 그의 이름을 듣게 된 것이다. "이군, 한국 출신이니까 혹시 김용옥 군을 알고 있나요?" "아니요, 처음 듣습니다만…" "아, 우리 중철[중국철학과]에서 석사를 한 친군데 여기 오기 전에 타이완대에서 이미 석사를 했고 지금은 미국 하버드대에 가 있지요. 아주 우수한 학생이었어요. 그 석사논문도 아주 훌륭해서 지금도 일본인 후배들이 그걸 참고하고는 한답니다." 아, 그런 훌륭한 선배가 있었구나…, 그렇게 그의 이름을 듣게 되었고 잊고 있었는데, 한국에 돌아와 교수가 된 후 매스컴을 통해 다시 그 이름을 듣게 된 것이다. 아, 그때 그 김용옥 선배…, 그렇게 그는 다시 나의 관심에 소환되었다.

그는 아마도 나의 존재를 모를 것이다. 내가 귀국 후 자리를 잡지 못하고 고생하고 있을 때, 대학 친구로 대만에서 유학하며 김용옥과 알고 지내던 J가 사석에서 그에게 내 이야기를 했더니 "나라면 그런 친구 당장 뽑아줄 텐데…" 하며 딱해 하더라는 말을 전해 들은 적이 있다. 고마웠다. 그러나 그게 그의 관심에 길게 머물지는 못했을 것이다.

그의 집안도 이따금 화제가 된다. 내가 이끌던 한국하이데거학회에 그의 형님인 김용준 선생이 가끔 나오셨는데, 어쩌다 김용옥 선생이 화제가 되면 그저 빙그레 웃으실 뿐 별 말씀이 없었다. 워낙 우수한 형님과 누님(김숙희 전 장관) 때문에 집안에서 상대적으로 좀 주눅이 들어 있던 그가 콤플렉스 때문에 더 열심히 노력하고 '일류'에 집착하고 기행을 하게 되었다는 시중의 풍문이 있는데, 바로 그 우수한 형님이 김용준 선생이었다. 그분은 과연 실력도 인품도 훌륭하신 분이었다.

나는 그가 낸 《동양학 어떻게 할 것인가》라는 저서를 통해 그의 모습을 처음 제대로 접하게 되었다. 주목할 만했다. 뭔가 좀 달랐고 신선했다. 압도적 권위였던 그의 지도교수 김충렬 선생과도 달랐다. 그의 그 과도한 자기 확신과 자기 자랑과 정제되지 않은 표현이 살짝 걸리지 않은 건 아니었지만, 평범을 견디지 못하는 그의 파격도 뭔가 나름 매력이 없지 않았다.

김용옥 선생은 그 후 엄청난 열정으로 책들을 펴냈고 인기를 끌었다. 두터운 팬층도 형성되었다. 우리는 그 저서들 《여자란 무엇인가》, 《절차탁마대기만성》, 《루어투어 시앙쯔》, 《중고생을 위한 철학 강의》, 《나는 불교를 이렇게 본다》, 《아

름다움과 추함》,《이 땅에서 살자꾸나》,《노자와 21세기》,
《우린 너무 몰랐다》,《스무 살, 반야심경에 미치다》,《금강경
강해》,《도올의 마가복음 강해》,《노자가 옳았다》… 등을 매
번 놀라운 심정으로 마주했다. 저술뿐만이 아니다. 그의 이
력 또한 눈길을 끈다.

　김용옥: 고려대학교 생물과, 철학과, 한국신학대학교 신학과에
서 수학하고 대만대, 동경대에서 철학석사학위를 받고, 하버드대
에서 철학박사학위를 받았다. 그리고 다시 원광대학교 한의과대
학에서 6년의 학부 수업을 마치고 의사가 되었다. 그는 고려대,
중앙대, 한예종, 국립순천대, 연변대, 북경대, 사천사범대 등 한국
과 중국의 수많은 대학에서 제자를 길렀다.《동양학 어떻게 할 것
인가》등 90여 권에 이르는 다양한 주제의 베스트셀러들을 통해
끊임없이 민중과 소통하여왔으며 한국 역사의 진보적 흐름을 추
동하여왔다. 그는 유교의 핵심 경전인《논어》,《맹자》,《중용》,
《대학》등 사서와《효경》의 역주를 완성하였으며, 그의 방대한 중
국 고전 역주는 한국학계의 기준이 되는 정본으로 평가된다. 그의
《중용》역주는 중국에서 번역되어(海南出版社) 중판을 거듭하면
서 큰 반향을 일으켰다. 그는 신학자로서도 권위 있는 성서 주석
서를 많이 저술하였고, 영화, 연극, 국악 방면으로도 많은 작품을
내었다. 현재는 우리나라 국학(國學)의 정립을 위하여 한국의 역
사 문헌과 유적의 연구에 정진하고 있다. 또 계속 진행되는 유튜

브 도올TV의 고전 강의를 통하여 그는 한국의 뜻있는 독서인들과 소통하며 끊임없이 공부하고 있다.

매체에 소개된 이런 내용만 봐도 범상치 않음을 인정할 수밖에 없다. 이런 일은 아무나 할 수 있는 게 절대 아니다. 그는 어쨌든 '철학자'라는 타이틀을 달고 이런 활동들을 하고 있으니 철학의 대중화에 기여한 그의 공로는 인정하지 않을 도리가 없다. 그 내용은 너무나 다양하고 방대해 아예 건드릴 수조차 없다. 철학사, 기독교, 불교, 노자, 공자 등은 나 자신의 것과 겹치기도 해 언급하기가 더욱 조심스럽다. 도쿄대, 하버드대, 북경대의 체류 경험도 겹쳐 역시 거론 자체가 조심스럽다. 내가 전혀 모르는 한의학과 태권도와 동학은 특히 그렇다. 단, 내가 읽은 범위에서 말하자면 그의 학문적 수준이 보통 이상이라는 것은 분명해 보인다. (물론 각자의 입장에서 그 깊이와 정확성에 대한 시비는 당연히 있을 수 있다.)

20세기와 21세기를 사는 우리는 도올 김용옥의 존재에 대해 일단 감사하지 않으면 안 된다. 그의 명성에 고려대, 타이완대, 도쿄대, 하버드대 같은 이름들이 배경으로 작용한 것은 부인할 수 없겠지만 평가와 인기는 그런 것만으로는 얻어지지 않는다. 운만도 아니고 별남 때문만도 아니다. 나는 기본적으로 사람의 능력과 노력을 주목한다. 도올 김용옥, 그에게는 그런 능력과 노력이 분명히 있었다. 섣부른 품평을 하기 전에 먼저 그의 책을 읽어보고, 그리고 그의 강의를 들어보고, 그리고 나서 우리는 그에 대해 가타부타 입을 열기로 하자. 도올 김용옥, 그는 확실히 우리 시대의 한 풍경이었다.

불교, 그 2,600년 후의 한 장면

무슨 바람이 불었는지는 나도 모르겠다. 어쩌다 보니 최근에 불교에 관한 책을 한 권 내게 되었다(《부처는 이렇게 말했다》). 우연이지만 아내도 《연환기(連環記)》라는 외국 소설을 한 권 번역했는데 그것도 내용이 불교적인 것이었다. 그런 인연으로 한동안 불교가 내 관심의 한켠에 머물렀다. 참고로 나는 불교 신자도 아니고 불교 전공자도 아니다. 나는 서양철학 〉 독일철학 〉 현대철학이 전공이다. 그런데 참 묘하게도 불교는 항상 내 삶의 한 배경에서 얼씬거린다. 수년 전 미국 케임브리지에서 연구년을 보냈을 때는 살던 집 바로 근처에 숭산스님이 세운 '대각사(Cambridge Zen Center)'가 있었다. 평생을 함께 봉직한 동료 교수님 중에도 불교 전공자가 있었다. 제자 중에도 출가해 승려가 된 이가 있다. 아무튼 이런저런 이유로 나는 불교와 무관하지 않다.

때마침 유명인사인 혜ㅇ스님과 현ㅇ스님 사이에 '소유'를 둘러싼 공방이 전개되었다. 둘 다 하버드 출신 베스트셀러 작가라는 공통점이 있다. 연예인 수준의 인기를 끌던 분들이라 화제가 되기에 충분했다. 혜○은 한국 출신 미국인이고 현○은 미국 출신 한국인이라는 것도 흥미롭다. 현○스님은 혜○스님을 거친 말로 비난했다. 혜○스님은 활동을 중단했고 현○스님은 참회한 그를 '아름다운 사람'이라며 사태를 수습했다. 혜○스님이 방송에 공개한 멋진 뷰의 9억짜리 집이 논란의 기폭제가 된 모양이다. 미국 국적에 UC버클리 학사, 하버드 석사, 프린스턴 박사에 대학교수라는 화려한 경력에다 잘생긴 외모, 그리고 베스트셀러 작가로서 방송 활동의 인기까지 갖춘 그는 '풀소유' 혹은 '너무소유'라는 말로 비아냥의 대상이 되기도 했다.

언론 보도에 따르면 스님들이 자가를 소유하는 경우가 드물지 않은 모양이다. 그런 걸 '토굴'이라 부르기도 하나 본데, 나는 불교 전문가가 아니라 전혀 모르고 있었다. 스님의 집? 낯설었다. 의외였다. 하긴 내가 유학 시절 10년 세월을 살았던 일본의 경우를 생각해보면 하등 이상할 것도 없다. 동네 곳곳에 있는 사찰에는 응당 집이 함께 있었고 그 주지는 대단한 부동산을 소유한 부자들이었으니까. 하지만, 그래도, 한국은 다른 줄 알았다. 누구보다도 법정스님의 '무소유'가 유명했으니까, 그리고 내가 아는 석가모니 부처님이 철저한 무소유를 실천했으니까, 불교 승려는 응당 '내 집'을 갖지 않는 게 기본이라 생각하고 있었다.

참회하고 방송 활동을 중단한 혜○스님을 새삼 문제 삼을 생각은 전혀 없다. 그는 현○스님의 비판으로 이미 작지 않은 상처를 입었을 테니까. 다만 나에게는 두 가지 생각이 교차한다. 하나는, 불교는 언제나 어디서나 부처의 가르침을 벗어나서는 안 되는 것 아닌가 하는 것이고, 또 하나는 시대가 변했으니 스님이 스펙을 쌓고 집을 갖고 연예 활동을 하는 것도 하나의 방편으로서 의미 있지 않을까 하는 것이다. 이 두 생각은 상반된다. 심경이 복잡하다.

교과서적인 정답을 말하자면 소유와 인기를 추구하는 것은 부처님의 가르침에 위배된다. 그것은 헛된 것이며 그 헛된 것에 대한 갈애는 고(苦)의 원인이 되기 때문이다. 그래서 그것을 버려야 한다. 버려서 고에서 벗어나야 한다. 그것이 불교의 알파요 오메가다. 그렇게 본다면 혜○스님은 현○스님의 표현대로 배우이고 사업가고 기생충이 맞다. 스님이란 자가 제대로 도는 안 닦고 도대체 무슨 짓을 하느냐고 비난받을 수도 있다.

다만, 이른바 '열반'의 경지에 다다르기까지는 모든 스님들도 다 수행자임을 우리는 직시해야 한다. 과정에 있는 학생인 것이다. 아직은 부처가 아닌 것이다. 일반 스님을 부처로 여긴다면 그건 큰 착각이다. 그렇게 생각한다면 혜○스님의 논란된 일들도 다 이해될 수 있다. 그 모든 것을 다 '방편'

으로 이해한다면 거기서 얼마든지 긍정적인 의미를 발견할 수도 있는 것이다. 잘생기고 유식한 혜ㅇ스님으로 인해 보통 사람들이 조금이라도 '불교'라는 것에 관심을 갖게 된다면 그것 자체만으로도 작지 않은 공덕이 될 수 있는 것이다. 우리가 보통 계기라고 부르는 것을 불교에서는 인연이라고 부른다. 그런 진리적 구조는 2천 수백 년 전 고타마 싯다르타의 시대나 혜ㅇ스님의 21세기나 전혀 다를 바가 없다.

혜ㅇ스님이 그저 단순한 연예인이 아니라 불교 승려라는 점으로 인해 사람들이 불교를 친근하게 생각한다면 그런 생각 자체가 한 톨의 씨앗이 되어 사람들의 마음속에서 어떤 싹을 틔울 수도 있다. 그게 어떻게 자라 울창한 한 그루의 보리수로 커가게 될지, 어떤 열매를 맺게 될지, 그건 아무도 알 수가 없다. 적어도 그것이 이 시대를 가득 채우고 있는 저 혼탁한 욕망의 미세먼지보다는 더 청정한 그 무엇이라는 것은 틀림없을 것이다.

우리는 저 부처님처럼 염화시중의 미소를 띠면서 혜ㅇ스님의 향후 행보를 지켜보기로 하자. 그가 제대로 된 보리수행을 거쳐 진정한 깨달음에 도달하기를 나는 차분히 기원한다.

다시 불교를 보다 — 서양철학 쪽에서

'다시 불교를 본다'는 말은 조심스럽다. '다시'라는 말이 불교에 대해 유효할까? 이런 우려 내지 시비가 있을 수 있다. 불교의 역사는 이미 2,500년이 넘는다. 그 전파 범위도 인도, 중국, 한국, 일본, 동남아를 넘어 이젠 미국과 유럽 등 전세계로 확장되어 있다. 길고도 넓다. 외적인 양상뿐만이 아니다. 그 이론은 또 어떤가? 아난다, 수보리 등 부처 당시의 10대 제자는 물론, 용수, 무착, 세친, 달마, 혜능, 원효, 지눌, 구카이, 사이초 등 이름이 널리 알려진 이론가, 실천가도 부지기수다. 아직도 남아 있는 뭔가가 있을까? 그런데도 '다시'?

그렇다. '다시'다. 이 '다시'는 불교에 대해서도 유효하고 지금은 더욱 유효하고 앞으로도 끊임없이 유효해야 한다. 왜?

그 대답의 한 자락을 서양 현대철학의 한 최고봉인 마르틴 하이데거가 알려준다. 그리고 그 뿌리의 한 줄기인 프리드리히 니체가 알려준다.

하이데거는 알다시피 '존재'라는 단어 하나를 100권의 전집으로 풀어낸 존재론 즉 형이상학의 거장이었다. 워낙 유명해 이제 웬만한 사람은 다 알지만, 그의 가장 큰 공로는 서양철학의 초창기 아낙시만드로스, 헤라클레이토스, 파르메니데스 등 거장들을 '숨 가쁘게 했던', 그리고 플라톤, 아리스토텔레스, 토마스, 헤겔 등을 거치며 '덧칠된', 그렇게 해서 '망각'의 상태에 빠져든 저 엄청난 철학의 대주제 '존재'를 다시 무대에 올려 반짝이게 했다는 것이다. 그 체온과 숨결을 되살려냈다는 것이다. 그게 바로 '다시'였다. 그것을 그는 '되돌아-가기(Schritt-zurück)'라고 표현했다. 원천, 원점, 때가 묻고 먼지가 쌓이기 전의 원 상태로 돌아가는 것이다. 진정한 문제는 끊임없이 자기를 되묻도록 우리 인간들에게 '말을 걸고' '호소한다'. 부처의 주제들도 바로 그런 것이다. 아니, 어떤 점에서는 '존재'보다 더욱 그렇다. 우리 자신의 생로병사, 희로애락의 문제이기 때문이다. 그래서 우리는 끊임없이 '다시' 불교를 보지 않으면 안 된다.

한편 니체는 우리 인간의 '삶'에 뜨거운 시선을 보내면서 그것에 대해 '영원회귀(ewige Wiederkehr)'와 '다시 한 번(noch einmal)'을 외친다. 우리 인간의 삶 자체가 영원한 회귀의 구조를 갖고 있기에 모든 인간은 끊임없이 그 원점에서 다시(wieder/nochmal) 시작하지 않으면 안 되는 것이다. '운명'이다.

　그렇다면 불교의 그 원점은 도대체 어디일까? 그것도 이미 유명해 역시 웬만한 사람들은 다 알고 있다. 그게 바로 '고(苦, dukkha)'다. 고의 인식이다. 우리는 이 원점으로 끊임없이 되돌아가지 않으면 안 된다. 그리고 거기서 저 부처가 개척한 길을 스스로의 두 발로 뚜벅뚜벅 걸어 나가지 않으면 안 된다. 그게 바로 고집멸도, 이른바 4성제다. 누가 뭐래도 불교의 근간은 3법인, 4성제, 8정도, 12연기다. 진정한 불교는 방대한 필만대장경이나 경-론-소 같은 것에 있지 않다. 심산유곡이나 거대 사찰에 있는 것도 아니다.

　저 팔만대장경의 모든 단어들이 '도(度: 건너감)'라는 글자 하나에 압축되어 있다. 그게 불교다. 반야심경에 나오는, 관자재보살이 심오한 반야바라밀다(지혜수행)를 행할 때 오온이 다 공함을 환히 비추어보고 모든 고액을 건너갔다(조견오온개공 도일체고액)고 하는 바로 그 '건너감'이다. 불교란 바로 그런 길이다. 고에서 도로! 혹은 멸(滅)로! 괴로움에서 건너감으로! 이 한마디가 불교의 거의 전부다. 구경열반도 결국 같은 말이다. '아제아제 바라아제(gatte gatte para-gatte: 가세 가세 [저편으로] 건너가세)'도 결국 같은 말이다. 내려놓기, 비우기, 버리기, 떠나기 … 등도 같은 맥락이다.

이 한마디를 이해하지 못하면, 이해하지 못하고 여전히 헛된 것에 대한 갈애/집착을 버리지 못하면, 팔만대장경을 다 외운다 하더라도 말짱 도루묵이다.

우리가 끊임없이 되돌아가야 할 이런 원점은 실제 불교의 원점이기도 한 저 초전법륜에 이미 다 드러나 있다. (나는 그것을 《부처는 이렇게 말했다》라는 한 권의 책으로 풀어냈다.) 그 핵심이 저 너무나도 유명한 반야심경에 잘 압축되어 있다.

우리 모든 인간에게 너무나도 생생한 현실인 '고'에서 시작함. 그리고 그 '고'에서 벗어남. 불교는 이렇듯 단순명쾌한 구조를 갖는다. 불교의 모든 언어들은 이 '고'와 '멸' 사이에, 즉 '도'라는 한 글자 위에 가로놓여 있다. 그것은 부처 본인의 말로 괴로움의 바다를 (혹은 강을) 건너는 '뗏목'과도 같다. 그래서 불교는 하나의 항해술이다. 마음의 항해술이다.

상대적으로 좀 덜 유명하지만 서양철학의 역사에도 이런 철학이 없지 않았다. 고대 후반의 저 스토아학파, 에피쿠로스학파, 회의학파의 철학이 바로 그것이다. 그들이 추구했던 저 아파테이아, 아타락시아, 아포니아가 실은 저 부처가 말한 열반적정과 같은 부류였다. 무감정, 평정심, 무고통이라고 이 말들을 옮겨놓으면 그게 저절로 드러난다. 완전히 같지는 않겠지만, 제논이나 에피쿠로스나 퓌론이나 그들도 다 저 부처와 한통속이었던 것이다. '동도서기'니 하는 말은 단언하건대 엉터리다. 서양이라고 도가 없겠는가. 동양이라고 기가 없겠는가. 동양에도 서양에도 다 인간이 살고 있고 그들은 다 필연적으로 고의 손바닥에서 허우적댄다. 생로병사는 서양인과 동양인 사이에 한 치의 차이도 없다. 힘들고 괴롭다. 생생한 현실이다. 각자가 감당해야 할 '나'의 현실이다. 그래서 벗어나고자 하는 노력이 필요한 것이다. 그게 바로 '다시'가 필요한 이유다.

오늘날 불교는 세월과 세상의 풍화를 겪으면서 다른 모든 철학들과 유사하게 '지식화', '박제화', '형해화'의 위태로운 길을 가고 있다. 종단은 권력화의 유혹도 받고 있다. '세속화'는 비단 기독교만의 문제가 아니다. 우리는 발걸음을 되돌리지 않으면 안 된다. 어디로? 다시 원점으로. 부처의 체온과 숨결이 느껴지는 저 녹야원으로, 기원정사로, 죽림정사로. 아니, 저 꼰단냐의 옆자리로. 보리수 아래 앉아 있는 부처의 앞으로. 그리고 고의 인식에서부터 시작해야 한다. 멸을 향해. 도(度)를 이루기 위해. 다시, 또다시. 끊임없이 다시.

이미 입적해 입을 닫은 부처를 대신해 그의 구호를 다시 읊어본다. "갓떼 갓떼 빠라갓떼 빠라상갓떼 보디 스와하 (gatte gatte paragatte parasṃgatte bodhi svaha: 가세 가세 건너가세 모두 건너가서 무한한 깨달음을 이루세)."

다시 불교를 보다 — 문학 속에서 ①

부처가 깨달음을 얻고 고요에 든 후 2천 수백 년, 그의 가르침인 불교는 하나의 거대한 '종교'가 되어 사람들의 삶에 깊숙이 침투했다. 그 전경을 보면 참으로 넓고 깊고 높고 그리고 길다. 이런 것을 우리는 '위대하다'는 말로 표현하기도 한다. 그러나 그 과정에서 불교는 모든 위대한 것들이 그러하듯이 때가 묻고 먼지가 쌓이는, 그래서 핵심을 놓쳐버리는 탈본질의 병폐를 겪기도 했다. 말하자면 불교에서 '불(佛)'이 (부처가) 보이지 않는 것이다. 교회에서 예수가 뒷전이 되는 격이다. 철학에서는 이를 형식과 껍데기만 남는 형해화라 부르기도 한다. 변질이라 부르기도 한다. 하이데거는 '덧칠'이라 부르기도 했다. 끊임없이 '다시'가 필요한 이유가 거기에 있다. "부처를 만나면 부처를 죽이고…" 어쩌고 하는 것도 조심해서 들어야 한다. 그런 선담은 아주 멋있게 들리기도 하고 충분한 의미도 있긴 하지만, 행여나 부처와 그의 가르침이 경시되거나 도외시된다면 그건 역시 불교가 아니다. 그래서 불교도 또한 끊임없이 다시 부처의 출발점으로 되돌아가지 않으면 안 된다. 그 출발점이 바로 초전법륜에서 확인되는 고집멸도 즉 4성제이다. 고(苦)에서 멸(滅)로 향하는(즉 '도(度)'라고 하는) 지극히 단순한 행정인 것이다. 이런 단순함을 우리는 문학(특히 소설) 속에서도 확인할 수 있다. 소설은 허구로 지어낸 이야기지만 부처 본인이 애용했던 '방편'의 하나로서 대단히 유의미한 효용을 지닌다.

조설근(曹雪芹)이 쓴 중국 고전《홍루몽(紅樓夢)》에 나오는 저 중과 도사의 노래 '호료가(好了歌)'는 그런 점에서 압권이다. 어린 고명딸을 유괴로 잃고 집마저 불타 처갓집 신세를 지며 인생사의 괴로움과 허망함을 온 삶으로 느낀 선비 진사은(甄士隱)을 출가로 이끈 노래지만, 실은 주인공 가보옥(賈寶玉)과도 무관할 수 없다. 대갓집 영국부의 귀한 아들로 태어나 금지옥엽으로 자라고 할머니를 비롯한 온 집안 여인들의 사랑을 듬뿍 받으며 성장하지만, 가장 사랑하는 임대옥(林黛玉)이 병으로 죽자 그 또한 허망함을 절감하고 이윽고 진사은이 그랬던 것처럼 중과 도사를 따라 출가한다. 과거 급제의 영광을 뒤로하고, 그리고 아내가 된 설보채(薛寶釵)와 유복자를 남겨둔 채. 그 비극적 배경에 너무나 잘 어울리는 노래다.

世人都曉神仙好, 惟有功名忘不了.(세인도효신선호 유유공명망불료)

古今將相在何方, 荒塚一堆草沒了.(고금장상재하방 황총일퇴초몰료)

世人都曉神仙好, 只有金銀忘不了.(세인도효신선호 지유금은망불료)

終朝只恨聚無多, 及到多時眼閉了.(종조지한취무다 급도다시안폐료)

世人都曉神仙好, 只有嬌妻忘不了.(세인도효신선호 지유교처망불료)

君生日日說恩情, 君死又隨人去了.(군생일일설은정 군사우수인거료)

世人都曉神仙好, 只有兒孫忘不了.(세인도효신선호 지유아손망불료)

癡心父母古來多, 孝順子孫誰見了.(치심부모고래다 효순자손수견료)

　사람이 모두 신선이 좋은 줄 알면서도 / 오직 공명 두 글자를 잊지 못하네 / 그러나 고금의 영웅재상이 지금 어딨나 / 모두 거친 무덤 한 무더기 풀로 사라졌네

　사람이 모두 신선이 좋은 줄 알면서도 / 단지 금은보화를 잊지 못하네 / 어둡도록 바둥대며 돈을 벌어서 / 요행히 부자 되어도 흙에 묻히네

　사람이 모두 신선이 좋은 줄 알면서도 / 단지 아내의 정에 끌려 되지 못하네 / 남편이 살았을 땐 하늘처럼 섬겨도 / 세상 먼저 떠나면 팔자 고치네

　사람이 모두 신선이 좋은 줄 알면서도 / 오직 자녀의 정에 끌려

되지 못하네 / 자식사랑으로 눈먼 부모는 저리 많아도 / 효도하는 자손을 어느 누가 보았나

이 노래는 뭇 인간들이 인생의 지표로 삼는 부귀공명의 허망함을, 그리고 처자식에 대한 사랑의 허망함을 조명한다. 이런 것이 보통 사람들의 실제 삶의 거의 대부분임을 생각해보면 그 무게가 예사롭지 않다. 이러한 고(dukkha)와 공(śūnyatā)의 인식이 진사은과 가보옥을 출가로 이끈 것이다. 일체개고의 그 '고(苦)'요 오온개공의 그 '공(空)'이다. 이는 구조상 부처의 사문유관과 유관하고 부처 본인의 출가수도와도 통하고 그의 깨달음 및 가르침과도 맥을 같이한다. '도일체고액', 관자재보살이 깊은 반야바라밀다를 행할 때 오온이 다 공임을 비추어보고 모든 괴로움을 건너갔다고 하는 그 '건너감(度)', 바로 이런 게 진정한 불교인 것이다. 물론 진사은과 가보옥의 출가 이후는 생략되어 있다. 이 생략된 여백에는 아마도 치열한 8정도가 있을 것이고, 반야바라밀다(지혜수행)가 있을 것이고 기대컨대 아뇩다라삼먁삼보리(완전한 깨달음)와 구경열반(궁극의 해탈)이 있을 것이다. 우리가 만일 21세기 현시점에서 불교라는 것에 관심을 기울인다면, 그게 단순한 학문적 호기심에 그쳐서는 곤란할 것이다. (물론 그것만 해도 요즈음 우리 시대가 보여주는 질척한 욕망의 추구나 살벌한 싸움질에 비하면 백배 낫기는 하지만)

부디 부처의 원점으로 끊임없이 되돌아가 보기를 권하고 싶다. 그의 육성이 들리고 그의 숨결이 느껴지는 저 녹야원으로. 저 꼰단냐의 옆자리로.

다시 불교를 보다—문학 속에서 ②

불교와 문학, 혹은 문학 속의 불교, 이건 불교를 이야기할 때 하나의 흥미로운 주제가 될 수 있다. 물론 여기에 현학적인 '잘난 체'가 끼어든다면 그 의미는 반감된다. 그러나 만일 이런 이야기가 불교 본연의 '방편'으로 사용된다면 그것은 고명하신 대사님의 설법보다 더 큰 가치를 지닐 수도 있다. 이른바 '이야기'의 효과다. 불설 경전에 '쾌목왕 이야기', '설산동자 이야기', '끼사 고따미 이야기', '상불경 이야기' 등등 많은 설화가 등장하는 것도 바로 그 때문이다. 부처 본인이 그 점을 잘 인지하고 있었다는 증거다. 엄정한 사유와는 달리 이야기는 사람의 가슴에 직접 호소하는 힘이 있다.

우리나라에는 거의 알려져 있지 않지만, 이웃 일본의 소설 중에 《연환기(連環記)》라는 것이 있다. 일본 근대문학의 대표적 개척자 중 한 사람인 고다 로한(幸田露伴)의 만년작이다.

일종의 불교 소설인 이 이야기에는 특이하게도 두 명의 주인공이 등장한다. 가모노 야스타네(慶滋保胤)와 오에노 사다모토(大江定基)가 그들이다. 둘 다 역사상의 실존인물이다. 전자가 전반의 주인공, 후자가 후반의 주인공이다. 우수한 문신이었던 이 둘은 각각 출가하여 야스타네는 자쿠신(寂心)스님이 되고 사다모토는 자쿠쇼(寂照)스님이 된다. 이 둘은 성격도 판이하고 특별한 관계도 아니었지만 후배 격인 사다모토가 기묘한 인연으로 먼저 출가한 자쿠신을 찾아가 그의 계도로 자쿠쇼가 됨으로써 마치 옥환이 이어지듯이 그들의 선성 내지 불성이 인연으로 연결된다.

야스타네는 천성이 선하고 자비로운 사람으로 특별한 고경을 겪지는 않았지만, 마치 부처가 사문유관에서 생로병사의 고통을 목격하여 체화하듯이 타자의 고통을 스스로의 고통으로 인식하는 인상적인 장면이 나온다.

어느 날이었는지, 야스타네는 사람들의 왕래가 빈번한 도시의 큰길 사거리에 서 있었다. [···] 때마침 또 상당히 무거워 보이는 부피가 큰 짐을 싣고 숨을 헐떡이며 큰 수레의 멍에에 묶여서 침을 질질 흘리고 다리에 힘을 주면서 끌려가던 소도 있었다. [···] 소는 있는 힘을 다해서 걷고 있다. 그런데도 소 주인은 소가 하는 일이 뭔가 마음에 안 드는지 이것을 채찍질하고 있다. 매질하는 소리는 났다가 사라지고 사라졌다가는 또 났다. [···] 야스타네는

[…] 이 사거리의 풍경을 보면서, '의기양양한 사람, 홀로 있는 사람, 악착같은 사람, 근심하는 사람, 오호라, … 세상 이치란 또한 이러한 것이었을 뿐이구나' 생각도 했을 것이다. 그러나 그 후에 그 늙은 소가 사력을 다하는데도 또 매질을 당하는 것을 보니, '아아 지쳐버린 소, 혹독한 매질, 짐은 무겁고 갈 길은 멀고, 햇빛은 불타서 땅은 뜨겁게 달아올랐고, 물을 마시고 싶건만 물방울도 구할 수 없는 그 괴로움은 또 얼마나 크겠는가. 소의 눈빛이라 했던가. 남을 꺼리는 그런 눈빛만이 알 수 없는 속마음을 내보이는데, 그걸로 대체 무엇을 호소하려는 것일까. 아아 소야, 너는 어찌하여 우둔하게도 소로 태어난 것이냐, 너는 지금 도대체 무슨 죄가 있기에 그 매질을 당하는 것이냐' 하는 생각이 들었는데, 그 순간에 철썩하고 또 매질하는 소리가 들리니, 야스타네는 눈물을 뚝뚝 흘리면서 '나무아미타불 구제해주십시오, 제불보살(諸仏菩薩) 나무아미타불…' 하고 염불했다는 것이다. (이상경 역)

이런 인식이 그의 출가에 계기로 작용하였음은 어렵지 않게 짐작할 수 있다.

한편 사다모토의 경우는 '좀 더' 아니 '훨씬 더' 구체적이고 직접적이다. 그는 지방 수령으로 지내던 중 리키주(力寿)라는 아리따운 여인을 만나 사랑에 빠진다. 달콤한 이야기지만 문제는 사다모토에게 정실부인이 이미 있다는 것이다. 이 부인의 성격이 만만치가 않다. 결국 다툼이 되고 둘은 끝내

헤어진다. 그러나 자유로워졌다고 좋아하는 것도 잠깐, 그토록 사랑하는 리키주가 병이 들어 죽음을 맞는다. 사다모토는 이 여인을 쉬이 보내지 못하고 몇 날 며칠을 그 시체와 함께 지내는데 애틋함을 견디다 못해 입을 맞추다가 그 역한 냄새에 기겁을 하게 된다. 엽기적이지만 결정적인 장면이다.

그림자가 움직이지 않는 날은 있을 수 없다. 때는 왔고 그림자는 흘러갔다. 리키주는 나뭇잎이 흔들리다 멎어서 바람이 없어진 것을 알아채듯이 마침내 편안히 눈을 감았다. 사다모토는 자기도 같이 죽은 것처럼 되었으나 그것은 잠시 잠깐일 뿐 죽지 않은 자는 죽지 않았다. 확실히 살아남아 있었다. […] 그저 망연자실해 있을 뿐이었다.

[…] 사다모토는 조속히 […] 장례의 절차를 밟아야 했다. 그러나 보통의 관례처럼 사회적 절차를 진척시키기에는 사다모토의 애착이 너무나 깊어서 리키주는 죽어서 확실히 나를 버렸지만 나는 리키주를 차마 버리지 못했다. 돗자리를 바꾸고 제상을 살피며 꽃을 공양하고 향을 태우는 등의 일은 하인들이 하는 대로 맡겨됐으나, 승려를 불러 관에 염하는 것은 스스로 명을 내리지 않기에 아무도 손을 대는 자가 없었다. 하루가 지나고 이틀이 지났다. 병의 성질 때문이었을까, 지금 이미 며칠이나 지났는데도 얼굴빛이 마치 살아 있는 것 같았다. 사다모토는 그 옆에 낮에도 있었고 밤에도 엎드려서 안타까운 생각에 내 몸의 움직임도 내 마음에 의

한 것이 아니고 그저 멍청하고 아득히 시간을 보냈다.

그때의 장면이다. 옛 문장에 기록되기를, "너무 슬퍼서 아무것도 못하고 있다가 엎드려 말을 걸며 입을 빨았는데 망측한 향이 입에서 나왔기에 역한 느낌이 생겨 울고 또 울면서 장례를 치렀다."라고 씌어 있다. 살아서는 사람이었고 죽어서는 물체였다. 사다모토는 본디 사람에게 애착을 느낀 것이었다. 물체에 애착을 느낀 것이 아니었다. 그러나 물체가 여전히 사람 같았기에 언제까지나 옆에 있었을 것이다. 그리고 어느 날 무심코 자기 입을 죽은 이의 입에 가까이 대고 입맞춤을 했을 것이다. […] '망측한 향이 입에서 나왔다'고 했는데 그것은 정말로 누구나가 상상할 수 없을 정도로 싫은, 그야말로 진정 망측한 냄새였을 것이다.

죽음이 다가오고 있는 사람의 구취는 다른 그 무엇과도 비교할 수 없을 이상한 것이어서 흔히 죽은 사람 냄새라면서 두려워하고 꺼리는 것인데, 하물며 죽고 나서 며칠이나 지난 이의 입을 빤다는 건 아무리 애착이 갔더라도 참기 어려운 일이다. 그러나 사다모토는 그것을 하였으니 과연 호걸이었다. 사랑도 어리석음도 이 정도에 다다르면 막다른 곳까지 간 것이었다. 그때 그 다 썩어가던 망자가 '반가워요, 사다모토님' 하면서 이쑤시개처럼 가늘고 차가운 손으로 남자의 목을 돌돌 감아서 매달려 들었다면 어땠을지 모르겠지만 이치의 수레바퀴가 거꾸로 도는 일은 없었으니 사다모토는 망측한 그 향에 두려워 떨면서 뒤로 물러나고 말았다. […]

184

그렇게 사다모토는 리키주의 장사를 치러버렸다. 장(葬)이라는 글자는 사체를 위도 풀 아래도 풀인 풀숲 속에 내다 버리는 것으로 […] 어떻게도 할 수 없는 사람의 마지막은 그렇게 하는 것이 자연스러운 것이다. […] 리키주와 사다모토는 마침내 죽어서 서로 버린 것이다.

리키주에게 버림을 당하고 리키주를 버린 후의 사다모토는 어떻게 되었을까. 어떻게고 뭐고, 이렇게도 없고 저렇게도 없다. 그저 거기에는 공허가 있을 뿐이었다. 사다모토는 그 공허 속에서 머리는 하늘을 이는 것도 아니고 다리는 땅을 밟는 것도 아니고 동서도 모르고 남북도 모르고 시비선악 길흉정사(是非善悪吉凶正邪) 아무것도 모르고 비틀거리며 세월을 보냈다. (이상경 역)

부처가 말한 이른바 4고, 생로병사의 한 전형이다. 그 이후, 몇 장면이 더 있다. 꿩을 잡아 그 생고기를 회로 먹는 장면에서 사다모토가 눈물을 뚝뚝 흘리기도 한다. 그러그러한 과정들을 거치며 이 '호걸'이었던 사다모토가 결국 출가를 결행해 자쿠쇼가 되는 것이다. 긴 이야기는 생략하지만, 그는 후일 송나라로 건너가 거기서 고승으로 평가받으며 살다가 거기서 생을 마감한다.

이 이야기는 읽는 우리에게 어떤 메시지를 던지는가? 고(苦)와 집(集), 그리고 멸(滅) 혹은 '도(度)'다. 그게 불교인 것이다. 야스타네도 사다모토도 이런 과정들을 거친 후 출가해 자쿠신이 되고 자쿠쇼가 되었다는 것이 그 방향을 알려준다. 이 이야기에 고집멸도가 다 들어 있다. 불교는 하나의 명백한 방향성을 갖는 가르침이다. 고에서 멸로. 번뇌의 차안에서 고요한 피안으로. 즉 도(度: 건너기)라는 방향성이다. 그 괴로움의 강을 건너는 뗏목이 바로 불교인 것이다. 그 노 젓기가 바로 반야 바라밀다(지혜수행)인 것이다. 그러니 우리는 끊임없이 다시 되새겨야 한다. '도'라는 글자 하나에 불교의 거의 모든 것이 담겨 있다.

다시 불교를 보다 — 문학 속에서 ③

    지금 우리가 사는 세상을 둘러보면 인간적 관심의 거의 대부분이 돈이나 지위나 업적이나 명성 같은 것에 향해 있음을 어렵지 않게 확인할 수 있다. 이른바 부귀공명이다. 여기에 우리의 행불행과 희로애락이 다 걸려 있다. 그런데 이런 건 사실 저 아득한 옛날 공자나 소크라테스의 말 속에서도 확인되니, 시간과 공간을 초월한 보편적 현상에 해당한다. 그런데 참 묘하다. 이런 지향이 그토록 강력한 것임에도 불구하고 인간의 관심과 지향은 그것으로 다가 아닌 것이다. 또 다른 가치의 세계랄까 혹은 차원이 있는 것이다. 거기에 문화라는 것도 있고 철학이라는 것도 있고 종교라는 것도 있다. 인간이란 참으로 묘한 존재다.

    그 종교라는 것의 대표 중 하나로 불교가 있다. 이른바 지식인 혹은 학자라는 사람들은 너나 할 것 없이 이 불교라는 것에 대해 일가견을 피력한다. 그런 담론 자체가 한국에서는 하나의 문화적 현상에 속한다. 불교에 대해 한마디는 해야 학자고 지식인인 것이다. 그런데 우리는 그 많은 불교적 담론에서 과연 어느 정도나 '부처'를 의식하고 있을까? 불교는 애당초 '부처의 가르침'이건만, 이른바 현실불교에는 부처의 가르침과 무관한 부분이 적지 않게 있다. 팔공산 갓바위에 가서 "우리 아들 수능점수 잘 받아 일류대학에 붙게 해주세요" 하고 108배를 하는 것도 그런 부류다. 그런 것이야말로 헛된 것에 대한 갈애로 고의 원인이 되며 부처가 저 초전법륜에서 가장 먼저 경계하고 배제한 내용이었다. 그래서다. 그래서 우리는 끊임없이 다시 불교의 원점으로 즉 부처의 가르침으로 되돌아갈 필요가 있다.

그 원점에는 고집멸도라는 성스러운 네 가지 진리가 있다. "모든 것은 다 괴로움이다." "헛된 것에 대한 갈애가 이 고의 원인이다." "이 헛된 것에 대한 집착을 다 내려놓아야 한다." "그러기 위해 고행이나 감각적 욕망의 추구 같은 양극단이 아닌 올바른 여덟 가지 방법으로 지혜수행을 해야 한다." 그런 것이다. 무릇 불교라면 부처 본인이 제시한 이 네 가지 기본을 잊지 말아야 한다. 이런 기본을 우리는 김동리의 소설 《등신불》에서도 확인할 수 있다.

1934년의 중국을 배경으로 한 이 소설은 조선 출신의 한 일본군 학도병을 조명하는데, 그 이야기 속에서 독자들을 다시 저 아득한 당나라로 끌고 들어간다. 소설 속에 또 한 편의 소설이 있는 흥미로운 구조다. '만적선사소신성불기(萬寂禪師燒身成佛記)'가 전하는 그 이야기의 주인공은 금릉 출신의 조기, 법명 만적이다. 그 간략한 내용은 이렇다.

만적은 법명이요, 속명은 기, 성은 조씨다. 금릉서 났지만 아버지가 어떤 이인지는 잘 모른다. 어머니 장씨는 사구(謝仇)라는 사람에게 개가를 했는데 사구에게 한 아들이 있어 이름을 신이라 했다. 나이는 기와 같은 또래로 모두가 여나문 살씩 되었었다. 하루는 어미(장씨)가 두 아이에게 밥을 주는데 가만히 독약을 신의 밥에 감추었다. 기가 우연히 이것을 엿보게 되었는데 혼자 생각하기를 이는 어머니가 나를 위하여 사씨 집의 재산을 탐냄으로써 전실 자식인 신을 없애려고 하는 짓이라 하였다. 기가 슬픈 맘을 참지 못하여 스스로 신의 밥을 제가 먹으려 할 때 어머니가 보고 크게 놀라 질색을 하며 그것을 뺏고 말하기를, 이것은 너의 밥이 아니다. 어째서 신의 밥을 먹느냐 했다. 신과 기는 아무도 대답하지 않았다. 며칠 뒤 신이 자기 집을 떠나서 자취를 감춰버렸다. 기가 말하기를 신이 이미 집을 나갔으니 내가 반드시 찾아 데리고 돌아오리라 하고 곧 몸을 감추어 중이 되고 이름을 만적이라 고쳤다. 처음에는 금릉에 있는 범림원에 있다가 나중은 정원사 무풍암으로 옮겨서, 거기서 해각선사에게 법을 배웠다. 만적이 스물 네 살 되던 해 봄에, 나는 본래 도(道)를 크게 깨칠 인재가 못 되니 내 몸을 이냥 공양하여 부처님의 은혜에 보답함과 같지 못하다 하고 몸을 태워 부처님 앞에 바치는데, 그때 마침 비가 쏟아졌으나 만적의 타는 몸을 적시지 못할 뿐 아니라, 점점 더 불빛이 환하더니, 홀연히 보름달 같은 원광이 비치었다. 모인 사람들이 이것을 보고 크게 불은을 느끼고 모두가 제 몸의 병을 고치니 무리들이 말하기를, 이는 만적의 법력 소치라 하고 다투어 사재를 던져 새전이 쌓였다. 새전으로써 만적의 탄 몸에 금을 입히고 절하여 부처님이라 하였다. 그 뒤 금불각에 모시니 때는 당나라 중종 십 육년 성력(연호) 이년 삼월 초하루다.

지극히 간략한 내용이지만 이 이야기에는 명백히 불교적인 상황이 그 배경에 깔려 있다. 고해 같은 삶이다. 조기도 사신도 기의 어미 장씨도 신의 아비 사구도 그 심중을 들여다보면 감당하기 힘든 삶의 고뇌가 있다. 특히 장씨의 욕망과 집착은 도를 넘는다. 불교의 출발점인 고성제와 집성제가 여기서 확인되는 것이다. 이러한 상황이 기를 출가로 인도한다. 그러나 출가 이후 취뢰, 운봉, 해각 밑에서의 수행도 여의치는 않다. '뼈를 깎고 살을 가는 정진'이라 했으니 그도 아마 나름의 8정도를 걸었을 터. 그래도 그게 곧바로 멸로 이어지지는 않는다. 거기에 더해 문둥병에 걸린 사신과의 재회…. 결국 그는 극단적인 선택을 한다. 소신공양. 자신의 몸을 태워 부처님께 바치는 것이다. 여기서 약간의 소설적 한계가 있기는 하다. 소신공양이라는 것의 불교적 의미 내지 설득력이 약하다. 자신의 몸을 태우는 게 무슨 공양이 되랴. 부처님이 이걸 좋아할 턱이 없다. 오히려 아마 기겁을 할 것이다. 단, 억지로 의미를 찾자면 아예 없지는 않다. 자기의 육신을 스스로 불태움으로써 제법무아를, 오온개공을, 색즉시공을, 수상행식의 헛됨을 그는 실천으로 보여줬다는 것이다. 모든 집착을 다 내려놓은 것이다. 물론 내리는 비도 타는 몸을 적시지 않았다느니, 원광이 비치었다느니, 그걸 보고 병을 고쳤다느니 하는 것은 다 헛소리다. 법력의 소치라며 새전이 쌓였다느니, 타다 남은 시체에 금을 입혀 금불을 만들었다느니 하는 것도 부처의 가르침과는 거리가 멀다. 이런 걸로 사람들을 현혹시켜서는 안 된다. 그런 것은 부처의 가르침 즉 불교가 아니다. 그러니 우리는 잘 분별하지 않으면 안 된다. 본의와 방편은 엄연히 다르다. 불교를 다시 본다는 것은 부처의 본의를 헤아리는 것이다. 왜냐하면 거기에, 바로 거기에 우리가 고로부터 벗어나는 진리가 있기 때문이다. 불교는 고에서 멸로 향하는, 즉 '도(度: 건너기)'라는 한 글자 위에 가로놓여 있는 부처의 가르침이다.

다시 불교를 보다 — 어떤 삶 ①

　최근 불교에 대한 책을 내면서 초전법륜경과 반야심경을
좀 특별히 강조했다. 우리 귀에 상대적으로 자주 들려 유명
한 법화경, 화엄경, 아함경, 금강경 등이 모두 불설경전이니
어느 것 하나 중요하지 않은 것은 없다. 그럼에도 굳이 저 두
경전을 특별히 조명한 것은 거기에 불교의 핵심이 간명하게
드러나 있기 때문이다. 그런 장점이 분명히 있다. 분량이 얼
마 되지 않는다는 것도 큰 매력이다. 나는 워낙에 심플한 것
을 좋아한다.

　그 심플함이 우리에게 알려주는 불교의 핵심은 '도(度)'라
는 글자 하나에 압축되어 있다. '아제아제 바라아제'도 내용
은 바로 그것이었다. '도(건너기)'란 '고'에서 '멸'로라는 방
향성을 갖는 것이다. '괴로움에서 고요함으로', 그게 불교의
원점이었다. 그 고의 원인이 '집'이고 그 멸의 방법이 '도(道,
8정도)'이니 '도(度)'라는 한 글자 속에 고집멸도(苦集滅道)

네 글자가 함께 있는 셈이다. 그게 이른바 4성제였다. 그게 부처가 득도 후 맨 처음 설한 초전법륜의 핵심 내용이었다. 부처는 양극단이 아닌 중도로서의 8정도를 좀 특별히 강조하지만 그것도 결국은 고집멸도라는 맥락에서 들어야 한다.

그런데 불교에 조금이라도 관심이 있는 사람 치고 이걸 모르는 이가 어디 있겠는가. 3법인, 4성제, 8정도, 12연기, 아마 귀에 딱지가 앉도록 들었을 것이다. 어쩌면 그게 문제다. 너무 익숙하다 보니 정작 그 내용이 말에서 멀어지는 것이다. 실천은 더욱 멀어진다. 서양철학에서는 이런 것을 '소외(Entäußerung)'라는 말로 부르기도 한다. 그래서 우리는 그 본질을 되찾는 노력을 하지 않으면 안 된다. 그게 '다시 보기'의 배경인 것이다.

헛된 것에 대한, 특히 나라는 것에 대한 갈애와 집착, 그로 인한 고통-번뇌, 그것을 내려놓기, 특히 마음 비우기, 그것을 위한 정견-정사-정어-정업-정명-정려-정념-정정, 불자는 끊임없이 이것을 다시 보고 되새기지 않으면 안 된다.

그런데 말이 그렇지 이게 쉬운 일이겠는가. 도일체고액을 하려면 조견오온개공을 해야 한다. 저 관자재보살처럼. 우선 그것부터 쉽지가 않다. 모든 괴로움을 건너기 위해 오온(색수상행식)이 다 헛됨을 비추어본다? 누가 그것을 쉽게 할 수 있는가. 오온의 정체는 사실 욕망의 덩어리다. 온 세상이 온통 그것으로 돌아가는데 누가 그 욕망을 내려놓을 수 있는

가. 사람들은 누가 내 자리를 뺏어가도 평생의 원수로 여기고 내 돈 몇 만 원을 내는 것에도 부들부들 떤다. 죽기 전에 부귀공명이 헛됨(空)을 아는 것은 하이데거의 표현을 원용하자면 오직 '드문 자들(Die Seltenen, Die Wenigen)'에게만 가능할 것이다.

그 드문 자들 중의 한 사람을 나는 개인적으로 알고 있다. 어쩌면 불교계에서는 유명할지도 모르겠다. 나는 그녀를 유학 시절에 만났다. 나보다 연상이었지만 학교에는 후배로 들어왔다. 그녀의 인상은 좀 강렬했다. 서글서글한 인상과 성격이 편안한 느낌을 줬다. 누나 같은 느낌? 그녀나 나나 참 열심히 공부했다. 학문적 경쟁이 치열한 곳이었다. 각종 평가에서 이른바 스카이(SKY) 대학보다 상위에 랭크되는 그 명문 대학에서 우리는 마침내 박사학위를 취득했고 귀국해서 대학교수로 자리 잡았다. 나는 운이 모자라 지방에 내려왔지만, 그녀는 당당하게 인(in)서울 했다. 평생의 경제적 안정과 명예를 확보한 것이다. 연구도 열심히 해 업적도 착실히 쌓아갔다. 각자의 자리에서 서로의 삶이 바빠 귀국 후 연락을 주고받지는 못했지만 나는 그녀의 세속적 행복을 의심하지 않았다.

그러다가 우연히 언론을 통해 그녀의 소식을 접했다. 서울의 대학교수직을 내던지고 남해의 한 외딴섬으로 내려가 수도원을 열었다는 것이다. 그 기사는 한동안 내 머리를 얼얼하게 만들었다. 그리고 고개가 숙여졌다. 누가 그런 일을 쉽게 할 수 있겠는가. 나라면? 나도 아마 그렇게는 못할 것이다. 갈애와 집착을 버리는 일이다. 안정적이고 명예로운 지위와 수입을 초개처럼 버린다는 것이다. 그건 그 헛됨을 깨달았다는 증거다. 유학 시절엔 잘 몰랐지만 기사에 의하면 그녀의 삶에도 '고'가 적지 않았다. 그래서 그녀의 알기–내려놓기–비우기–떠나기는 기본적으로 부처의 그것과 닮아 있다. 그녀는 그저 남해안의 한 외딴섬으로 간 것이 아니라 2천 수백 년의 세월을 거슬러 부처의 앞으로, 저 녹야원으로, 꼰단냐의 옆자리로 떠나간 것이다.

그런 것이 불교를 다시 보는 일이다. 그녀는 아마 연하의 유학 선배인 나를 기억도 못하겠지만, 나는 그녀를 아름다운 추억의 한 장면으로 기억한다. 그녀가 부디 정각을 이루어 성불하시기를 빌며 합장한다. 그녀의 이름은 J다.

다시 불교를 보다 ― 어떤 삶 ②

우리가 살고 있는 이 세상에 불교라고 하는 종교가 있다. 2천 수백 년 전 인도 북부 카필라 왕국에서 왕자로 태어난 고타마 싯다르타가 깨우치고 펼친 가르침이다. 그게 중국을 거쳐 이 땅에 들어와 천 년 넘게 우리의 삶에도 적지 않은 영향을 끼쳤다. 2021년 지금도 그것은 엄연한 하나의 현실로서 우리의 삶에 작용하고 있다. 정확한 자료는 못 되지만, 인터넷 정보에 따르면 전국에 존재하는 사찰의 수가 대략 965개, 승려의 수가 대략 1만 3천 명, 신도의 수가 대략 762만 명이다. 엄청난 숫자다. 불교와 전혀 인연이 없는 사람이라도 성철, 숭산, 법정, 법륜, 현각, 혜민 등등의 이름은 익숙할 것이다. 대중에게 널리 알려진 스님들이다. 불교가 그만큼 우리에게 가까이 있다는 한 증거다.

그렇다면 불교란 도대체 뭘까? 우리는 이 종교에 대해 과연 얼마나 알고 있는 것일까? 무수한 불교 관련 서적과 강좌가 있고, 무수한 불도들이 절에 가서 불상 앞에 향불을 피우고 합장하고 절을 하며 뭔가를 빈다. 도대체 뭘 빌고 있을까? 그 내용을 들여다보면 고개를 갸우뚱하게 되는 것들도 없지 않다. 부처님 (누구누구) 병을 낫게 해주세요, 부처님 돈 좀 벌게 해주세요, 부처님 우리 남편 승진하게 해주세요, 부처님 우리 아이 수능 잘 봐서 좋은 대학 붙게 해주세요 … 그런 부류가 아마도 적지 않을 것이다. 이런 기도에 부처님은 과연 어떤 응답을 하실까? 그런 불도들에게는 미안한 이야기지만, 그런 건 사실 불교와 아무런 상관이 없다. 단언하지만 부처는 신이 아니다. 그런 것을 들어줄 의사도 없고 능력도 없다. 부처가 가리키는 방향은 오히려 그 반대쪽이다. 어떤? 의외로 분명하다. 모든 인간적 욕망을 부정하는 쪽이다. 부귀공명은 분명히 아니다. 오히려 그런 것들의 헛됨을 보라는 것이다. 특히 그 모든 것의 원점인 나라는 것의 헛됨(오온개공)을 꿰뚫어 보라는 것이다. 그런 것들이 다 괴로움의 원인이 되니 그런 것들에 대한 갈애를, 집착을 버리고 올바른 길을 걸어 고요의 경지에 이르라는 것이다. 그런 쪽으로 건너가라는 것이다. 그게 바로 '도(度)'다. 그게 바로 '아제아제 바라아제'의 뜻이다. 고(苦)에서 멸(滅)로! 그런 방향으로 걸어가라는 것이다. 그게 불교다. 3법인, 4성제, 8정도, 12연기, 조견오온개공 도일체고액, 색즉시공, 수상행식 역부여시 … 그런 말들이 다 그런 쪽을 가리킨다. 일체개고를 열반적정으로 바꾸는 게 불교의 핵심인 것이다. 그러니 '고에서 멸로' 즉 '도(건넘)' 이것을 제대로 모르면 비록 팔만대장경을 다 외운다 해도 불교를 제대로 안다고 할 수 없다.

내가 아는 A는 뛰어난 물리학자다. 그는 스스로 양자물리학의 대가임을 자처한다. 나는 그쪽을 잘 모르지만, 주변에서도 그의 실력은 인정한다. 더욱이 그는 시도 쓴다. 몇 권의 시집도 냈고 뒤늦게 한 문예지를 통해 이른바 '등단'도 했다. 그는 시인이라는 이 타이틀을 아주 명예롭게 생각했다. 나도 같은 등단 시인으로서 언어를 다루는 그의 솜씨를 일정 부분 인정한다. 그는 또 자연과학의 좁은 틀에 갇히지 않고 인문학에도 관심을 기울여 철학에도 조예가 깊다. 더욱이 그는 불교까지도 섭렵했다. 그것으로 그는 시민들을 대상으로 하는 법화경 공개 강좌를 운영하기도 했다. 아쉽게도 그의 강좌를 직접 들어보지는 못했지만 전해 들은 이야기로는 수강생들에게 큰 인기를 끈다고 했다. 이러기가 어디 쉬운가. 그는 참 대단한 인물임이 틀림없다. 더욱이 그는 소위 스카이(SKY) 대학 출신이고 미국의 모 대학에서 연구원을 지냈으니 더할 나위 없는 스펙이다. 게다가 키도 크고 얼굴도 잘생겼다.

그런 그를 나는 높이 평가했으나 끝내 그의 친구가 되지는 못했다. 그는 그런 자기를 항상 과시하고 싶어 했고, 자기에게 거슬리는 사람들을 쉽게 적대시했다. 적에 대한 그의 비난은 단어를 가리지 않았다. 발설한 '그 다음'은 전혀 그의 고려 대상이 아니었다. 그가 누군가에 대해 날선 비난을 쏟아낼 때마다 나는 가장 먼저 '구업'이라는 단어를 떠올렸다. 그건 독설이었기 때문이다. 불교의 가르침과는 거리가 한참 멀었다.

결국 그는 술 때문에 건강을 잃었고 독설 때문에 친구를 잃었고 돈 때문에 직장을 잃었다. 모르긴 해도 그의 흉중에는 고의 파도가 일렁이고 있을 것이다. 갈애와 집착의 바람이 불고 있을 것이다. 거기에 과연 법화경(묘법연화경)의 향기로운 연꽃이 피어 있는지 나는 참으로 궁금하다. 그의 이름은 말하지 않겠다. 나는 그가 언젠가 그 괴로움의 강을 건너 고요한 저 언덕에 도달하기를, 거기서 그윽한 미소를 띤 부처의 마중을 받게 되기를 축원한다.

《하이데거, '존재'와 '시간'》
─ 나는 왜 이것을 썼는가

"ecce homo(이 사람을 보라)." 저 빌라도와 니체를 통해 유명해진 이 말을 하고 싶었습니다. 빌라도는 예수를 가리켰고 니체는 니체를 가리켰고 나는 하이데거를 가리키고 싶었습니다. 그리고 그 하이데거를 통해 '존재'를 그리고 '시간'을 가리키고 싶었습니다. 그러니까 이 책은 그냥 하나의 손가락입니다. '지월(指月)'의 그 '지(指)'와 같은.

왜 하필 하이데거? 왜 아직도 하이데거? 어쩌면 비아냥, 어쩌면 호기심이 묻어 있을 이런 질문이 혹시 있다면 그 사실만으로도 나는 감지덕지입니다. 왜냐하면 하이데거도 '존재'도 '시간'도 이미 한참 전에 우리 지성의 원경으로 물러나 있는 형국이기 때문입니다. 카르납식의 비판도, 데리다식의 해체도 파리아스식의 매도도 이러한 멀어짐에 일조했습니다. 그리고 아마도 거대담론을 흰 눈으로 바라보는 이른바 포스트모던이 가속 페달을 밟았을 것이고, 자본이 거기에 급유를 했을 것입니다. 그리고 TV는 물론, 피상적이고 파편적인 이른바 SNS의 언어들이 북과 장구를 치며 손님들을 다 뺏어갔습니다.

그러나 그 어떤 것도 하이데거를 지울 수 있는 지우개가 될 수는 없습니다. 왜냐하면 그는 이미 철학사의 바위에 새겨진 이름이 되어버렸기 때문입니다. 왜냐구요? 그는 철학의 주제 중의 주제인 '존재'를 되살렸고 그와 관련된 언어의 벽돌들로 세월이 허물 수 없는 견고한 '철학'의 성을 구축했기 때문입니다.

나는 그 성의 안내도를 이렇게 그렸습니다.

'존재망각', '고향상실', '가난한 시대'를 극복하기 위해 그는 때로는 '현사실성의 해석학'으로서, 때로는 '기초적 존재론', '현존재의 실존론적 분석론', '현상학적 해체'로서, 또 때로는 '형이상학'으로서, 때로는 '사유', '성찰', '청종', '내맡김', '되돌아감'으로서, 때로는 '시론', '예술론', '시대론', '신론' 등의 형태로 그 모습을 다양하게 연출하면서, 그러나 결코 그 궤도를 이탈하는 일 없이, 오직 존재만을 응시하면서, 그 '존재해명'의 외길을 걸어갔던 것이다. 그것이 말하자면 '현상학의 길' 즉 '자기현시하는 현상'으로서의 '존재'를 '말하고' '드러내고' '보여주고' '전달하고' '접근 가능하게 하고' 함으로써 그것 본래의 빛을 되살리고자 하는 철학적 길이었다. 그것은 동시에, 존재의 빛을 끊임없이 언어

로 가져오고자 하는 '언어로의 도상(Unterwegs zur Sprache)'
이었다고도 말할 수 있다. 바로 이 길 위에서 주어진 결실이 우리
가 아는 저 풍요로운 '하이데거 철학'이었던 것이다. '현존재의
존재'서부터 '진리', '근거', '본질', '트임', '세계', '사방', '퓌시
스', '로고스' … 그리고 '자기발현'에 이르는 저 개념들은, 그의
그러한 치열한 사유의 악전고투 끝에 얻어낸 찬란한 전과물이었
다고도 말할 수 있을 것이다.

　여기 적힌 이 말들이 다 그 언어의 벽돌들입니다. 존재의
철학이라는 그 견고한 성을 구축하는.
　그것은 마치 2천 년 넘게 잠들어 있던 '존재'라는 혹은 '진
리'라는 '잠자는 숲속의 공주'의 깊은 잠을 깨우는 왕자의 키
스와도 같은 것이었습니다. 그의 언어들은 그 공주의 침대에
2천 년 넘게 켜켜이 쌓여 있던 먼지를 털어내고 찌든 때를 닦
아냈습니다. 공주의 눈빛은 다시 반짝이고 뺨은 다시 홍조를
띠고 내쉬는 숨은 향기로웠습니다.
　나와 하이데거의 첫 만남을 주선한 것은 단순한 학문적 호
기심이 아니었습니다. 나는 40 수년 전 대학생 때, 하이데거
가 《형이상학이란 무엇인가?》에서 말한 그 불안이라는 근본
기분 속에서 이른바 '무의 존재(Das Nichten des Nichts)'
와 '전체로서의 존재자(Seiendes im Ganzen)'를 목격했고,
거기서 저 유명한 형이상학적 물음 "도대체 왜 존재자가 있

으며, 무가 아닌가(Warum ist überhaupt Seiendes und nicht vielmehr Nichts)?"를 체감했습니다. 존재에 대한 경탄! 그것은 나 자신이 하이데거와 라이프니츠와 파르메니데스와 하나가 되는 순간이었습니다. 나는 그들과 철저하게 공감했습니다. 그 후 나는 나 자신의 삶의 과정에서, 언제나 어디서나 그 존재를 확인할 수 있었습니다. 이른바 삼라만상, 목격하는 모든 것이 그의 존재론적 서술에 대한 증거들이었습니다. 꽃의 피어남과 나비의 하늘거림, 하늘과 땅, 신적인 것들과 죽게 될 우리 인간들, 우리의 재잘재잘-기웃기웃-대충대충, 한도 끝도 없는 염려들, 사물들에 대한, 타인들에 대한, 그리고 자기 자신에 대한. 심지어 밤낮의 오고감, 춘하추동 세절의 변환, 탄생과 성장과 노쇠와 죽음(생로병사), 사랑과 미움(희로애락) 속에서도, 불안과 걱정과 무료 속에서도, 나는 하이데거의 존재론이 진실임을 확인했습니다. 그리고 매 순간순간, 내가 도달하며 맞이하는 이미 그러했던 '시간'이란 것, 그 이상야릇한 '주어짐', 그게 곧 '존재'이고 '시간'임을, 그게 진짜임을 확인하고 또 확인했습니다. 그것은 내가 1년 이상 몸담고 살아본 안동에서도 서울에서도 창원에서도, 도쿄에서도 하이델베르크에서도 프라이부르크에서도 보스턴에서도 베이징에서도 추호의 다름이 없었고, 1950년대에서 지금 2020년대에 이르기까지 어느 한순간 그 궤도를 이탈함이 없었습니다. 그래서 하이데거는, 그리고 '존재'와

'시간'은, 지워질 수 없는 것입니다. 그래서 '하필' 하이데거인 것이고 그래서 '아직도' 하이데거인 것입니다. 우리가 기계가 아닌 인간이고 이 존재의 세계에 던져져 살고 있고 언젠가는 이 세계를 떠나야 하는 '죽음으로의 존재'인 한, 그리고 사유하는 존재인 한, 우리는 존재와 시간에 대한, 그리고 하이데거에 대한 관심의 끈을 결코 놓아버릴 수가 없습니다. 나는 이 책이 그 관심을 유혹하는 음란한 윙크가 되기를 은근히 기대하고 있습니다.

15초짜리 광고 삼아 서문의 한 토막을 마지막에 달겠습니다.

[하이데거 철학의 본류 찾기인] 이 책은 하이데거에 대한 연구서이다. 특히 그의 최핵심 개념인 '존재(Sein)'에 대한, 그리고 그 존재와 근본적으로 짝지어진 '시간(Zeit)'에 대한 전문 연구서이다. 이것들이 대체 어떤 것인지, 그 의미의 해명에 초점을 맞춘 것이다. 왜 이 둘이 서로 맞물려 있는지도 밝혀질 것이다. 단 이것은 그의 주저인 《존재와 시간》의 해설에 머물지 않는다. 그의 전후기 사상 전체를 포괄한다. 이른바 초기와 중기도 다 포함한다. 이 개념 내지 문제 자체의 탐구가 그의 전 생애에 걸쳐 있기 때문이다. 이 책은 그 전체를 한눈에 조망한다. 물론 그 전부는 아니고 그 근간이다. 그 골격이다. 이처럼 그의 양대 핵심을 겨냥하면서 그 전

체를 일목요연하게 정리한 하이데거 연구는 의외로 드물었다. 그런 점에서 이 연구가 관심 있는 분들에게 도움이 되기를 기대한다.

철학의 추억 혹은
철학을 위한 신문고

우리 세대가 대학생이었던 1970년대, 그때는 문사철로 대표되는 인문학이 이른바 교양의 기본으로서 아직 살아 있었다. 시대는 어수선했으나, 그것이 개인의 지성과 국가의 품격에 이바지했음을 나는 망설임 없이 인정한다. 여러 기회에 무수히 말한 바 있지만, 그것이 지금 거의 빈사 상태다. 아니 어쩌면 사실상 뇌사 상태인지도 모르겠다.

나는 걱정이다. 철학의 언어가 사람들의 입과 귀를 떠난 그리고 가슴에서 사라진 지금 우리의 삶의 세계(Lebenswelt, le monde veçu)는 과연 어떠한가. 얕음, 거침, 가벼움, 천박함 … 그런 단어들이 떠오른다. 전파를 타고 이동하는 이른바 SNS의 언어들은 결코 책의 인문학적 언어들을 대체하지 못한다.

철학책이 젊은 청년들의 손에 들려 있던 시대로 잠시 돌아가 그 추억의 한 페이지를 펼쳐본다. 1970년대는 실존주의와 새롭게 부상하는 분석철학이 청년들을 매료했다. 1980년대는 프랑크푸르트학파와 그 원조 격인 마르크시즘이 그것을 대체했다. 그리고 1990년대, 프랑스 현대철학이 우리의 지성계를 한동안 뜨겁게 달구었다. 실존주의와 구조주의는 이미 식어가고 있었으나 새롭게 부상한 이른바 포스트모더니즘 계열의 지식고고학과 해체주의가 프랑스철학에 그 연료를 제공했다. 횃불을 든 대표 주자는 미셸 푸코와 자크 데리다였다. 에피스테메니 권력이니 그리고 차연이니 에크리튀르니 하는 그들의 철학은 난해하기로 소문났지만, 내가 보기에 그들의 철학은 저 데카르트와 베르크손의 2원론(정신/물체, 지능/직관, 정적/동적, 열린/닫힌)을 넘어서고자 하는 이른바 '68' 이후의 큰 흐름을 계승하고 있었다. 문명/야만의 이분법을 넘어서고자 했던 레비-스트로스, 숙주/기식자의 이분법을 넘어서고자 했던 세르, 거대한 것/작은 것의 이분법을 넘어서고자 했던 리오타르 … 그들처럼 푸코는 정상/비정상의 이분법을 넘어서고자 했고, 데리다는 중심/주변이라는 이분법을 넘어서고자 했다. 그런 공통점이 저들에게는 있었던 것이다 그리고 그 밑바탕에는 그 구별로 해서 차별받고 배제되어 한쪽으로 내몰린 저 야만, 비정상, 기식자, 작은 것, 주변 등을 변호하고 복권하려는 강한 휴머니즘이 깔려 있었다.

다 좋았다. 박수 쳐줄 일이었다. 그러나⋯. 그들이 놓치고 있던 부분이 있었다. 그들의 그 휴머니즘적–윤리적 노력이 결과적으로 오랜 세월 주류였던 다른 한쪽을 구석으로 내몰고 말았다는 것이다. 이른바 문명, 정상, 숙주, 거대한 것, 중심, 그런 것이다. 거기엔 저 위대한 '이성'도 포함된다. 그런 것들이 과연 피고석에서 초라한 모습으로 단죄받고 감금되며 무대에서 퇴출당해야 하는 '유책자'인지, 그 점에 대해 우리는 진지한 재검토를 해봐야 하는 것이다.

그 추억의 페이지에서 나는 작금의 한국사회를 슬프게 떠올린다. 문사철의 언어가 싸잡아 그런 퇴출자의 신세가 되고만 것이다. 지금 행세하고 있는 것들은 저 이른바 문명, 정상, 숙주, 거대한 것, 중심 등을 내쫓고 대신 그 자리를 차지한 야만, 비정상, 기식자, 작은 것, 주변 등과 절대 무관하지 않다. 그것이 지금 우리가 목격하고 있는, 혹은 느끼고 있는 얕음, 거침, 가벼움, 천박함, 무질서 ⋯ 그런 것이다.

푸코, 데리다 등등 횃불을 들었던 저 철학자들이 직접 이렇게 만든 것은 아니다. 저들은 그저 이미 싹이 텄던 그런 시대적 움직임을 철학적 지성으로 포착했을 따름인지도 모르겠다. 그들의 숭고한 휴머니즘을 생각하면 그들에게 그 책임을 물을 수도 없다. 그러나 재검토는 필요하다. 아직 사약이 내려진 게 아니라면, 아직 목이 잘려 화장이 끝난 게 아니라면, 귀양 갔던 저 문명, 정상, 숙주, 거대한 것, 중심 등에 대한 사면 복권을 고려해볼 필요가 있다. 저들은 비록 죄과가 없지 않으나 다 나름의 공신들인 것이다. 그나마 살 만한 이 근대세계를 연 개국공신들인 것이다.

'철학'도 그중 하나다. 철학은 궁극적 '좋음'을 지향하며 모든 시간과 공간을 전체적으로 통찰한다. 거대담론인 것이다. 그 최고 준봉들이 바로 공자-부처-소크라테스-예수(가나다순)라고 나는 평가한다. "부처와 예수가 왜 철학의 준봉인가?"라고 불교와 기독교에서는 흰 눈을 뜰지 모르지만, 잘 들여다보면 거기에 철학이 있다. 아니, 그런 것이야말로 진정한 철학 즉 가치론인 것이다. 철학과의 커리큘럼에는 엄연히 불교철학이 있고 기독교철학이 있다. 나도 최근에 그 핵심을 논하는 책을 두 권 써서 시장에 내보냈다. 공자도 부처도 예수도 다 거대담론 중의 거대담론이다. 이 거대함의 무게가 혹 사람들에게 부담을 줬을지는 모르나 그건 퇴출에 해당하는 중죄가 아니다. 오히려 최고선이며 필요선이다. 하여 나는 그들의 사면과 복권을 청원한다. 이것은 대통령이나 청와대에 하는 청원이 아니라 국민들과 이 시대에게 하는 청원이다. 부디 이 청원이 동조를 얻고 진지하게 고려되어 작은 일부나마 받아들여지기를 학수고대하며 신문고를 울린다.

비트겐슈타인과 서부영화

　루트비히 비트겐슈타인(Ludwig Wittgenstein), 일반인들에겐 좀 생소할 수 있겠지만, 철학 공부를 하는 사람들에겐 엄청 유명한 사람이다. 20세기의 대표 철학자 중 한 사람으로 손꼽힌다. 분석철학–논리철학 계통 전공자들은 이 사람을 현대철학의 최고봉으로 치기도 한다. 최고라는 말은 어떤 경우에든 신중해야 하지만, 엄청 대단한 사람인 것은 틀림없다. 학문 외적인 이야깃거리도 숱하게 남긴 사람이다. 히틀러와 초등학교를 같이 다녔다는 것(둘이 같이 찍힌 단체사진도 있다), 오스트리아 최대 철강 부호의 아들이라는 것, '논리적 원자론' 등 스승인 러셀에게 되레 영향을 주기도 했다는 것, 유명한 칼 포퍼와 논쟁을 하다가 시뻘겋게 단 부지깽이를 들이민 적이 있었다는 것, 절정기에 대학교수직을 그만두고 시골 초등학교 교사를 했다는 것 등등, 그 이야기들만으로도 책 한 권은 너끈히 나올 것이다. 그 이야기들 중 하나로 그가 '뜻밖에' 서부영화와 탐정소설을 즐겨보았다는 것이 있다.

'뜻밖에'라는 건 그의 이미지와 관련이 있다. 《논리철학논고》니 《철학적 탐구》니 하는 그의 대표작들 제목만 봐도, 그리고 언어니 논리니 명제니 사실이니 하는 그의 주제들만 봐도, 그리고 "무릇 말할 수 있는 것은 명료하게 말해져야 하고, 말할 수 없는 것에 대해서는 침묵해야 한다."라는 그의 대표 명제를 보더라도, 딱딱하고 무미건조하기가 이를 데 없다. 그런 이미지를 가진 그가 서부영화를 좋아했다? 이건 쉽게 연결이 잘 안 되는 것이다. 구체적으로 뭘 봤는지는 잘 알려져 있지 않다. 짐작이지만 존 웨인의 《역마차》나 프랑코 네로의 《돌아온 장고》, 클린트 이스트우드의 《석양의 무법자》, 로버트 미첨과 마릴린 먼로의 《돌아오지 않는 강》, 버트 랭커스터의 《오케이목장의 결투》 같은 것도 봤을지 모르겠다.

초명문 케임브리지대학에서 진지한 철학 강의를 마친 교수가 학교 앞 영화관으로 가 맨 앞줄에 자리를 잡고 《오케이목장의 결투》에 푹 빠져 있는 모습은 확실히 좀 특별한 풍경이긴 하다.

그러나! 이상할 건 없다. 이게 왜 이상한가. 비트겐슈타인이 서부영화를 즐겼다는 것은 칸트가 산책을 즐겼다는 것과 별반 다를 바가 없다. 그의 취향인 것이다. 모든 취향은 그가 어떤 사람이건 간에, 남에게 폐를 끼치는 게 아닌 이상, 있는 그대로 존중되어야 한다. 그는 식도락을 좋아할 수도 있고 사교댄스를 좋아할 수도 있다. 내가 아는 어떤 교수님은 실제로 재즈 드럼을 치고 또 어떤 교수님은 할리 데이빗슨 오토바이를 몬다. 비트겐슈타인도 기타를 칠 수 있고 말을 탈 수도 있다. 직업과 취향은 완전 별개다. 더욱이 서부영화는 피로회복을 위해서도 작지 않은 장점이 있다. 무엇보다도 그것은 단순명쾌하고 또 대부분 권선징악적이다. 결말에서 악당은 대부분 속 시원히 처단되고 히어로는 돈이나 미인을 얻는다. 이런 한 토막의 이야기로 관객은 충분히 위로를 받는다. 단순명쾌한 스토리는 감정이입도 쉽고 그것을 집중해 따라가다 보면 다른 모든 것을 잊어버린다. 철학으로 복잡해진 머리를 비우기에 딱인 것이다.

나도 학생들에게는 제법 근엄한 철학교수님으로 알려져 있지만, 비트겐슈타인과 상관없이 예전부터 서부영화를 좋아했고 머지않아 70을 바라보는 지금도 여전히 좋아한다. 《빅 컨트리》같은 것은 한 대여섯 번 봤던 것 같다. 그런 게 어디 서부영화뿐이겠는가. 나는 개인적으로 중국 사극도 좋아한다. 최근에 TV에서 재방송 중인 《랑야방》은 50여 회의 장편임에도 특별한 일이 없는 한 본방을 사수한다. 대단한 수작이다. 정의로운 주인공이 온갖 난관을 헤치고 결국 악을 응징하는 그 기본구조도 유사하다. 드라마는 영화보다도 더 이점이 많다. 파자마 바람으로 침대에 편하게 드러누워 볼 수도 있다. 그 옆에 사랑하는 사람이 함께 있다면 금상첨화다. 그런 장면은 인생의 축복이라고 해도 과언이 아니다.

머리가 복잡한 우리 현대인에게는 때로 그 복잡한 머릿속을 비우는 일이 필요하다. 컴퓨터라면 Delete 키 하나만 누르면 뭐든 휙 하고 순식간에 사라지겠지만, 그리고 아예 싹 다 지우는 포맷도 가능하겠지만, 현실은 그렇게 간단하지 않다. 서부영화라도 한 편 보기를 권한다. 보다 보면 머릿속이 조금은 비워진다. 꼭 영화관이 아니라도 괜찮다. 요즘은 TV나 PC나 휴대폰에서도 영화를 볼 수가 있다. 우리의 현실에서도 정의로운 총잡이가 짠하고 등장해 득시글거리는 저 황야의 무법자들을 좀 처단해줬으면 좋겠다.

시간의 한 장면, 스냅사진 같은

2021년 1월 어느 날, 학교에서 보직을 맡고 있는 관계로 연구실이 아닌 집무실에 앉아 공무를 처리하고 있었다. 전화벨이 울렸다.

"혹시 이수정 교수님 맞으신가요?"

전화 속의 목소리는 조심스러웠다. '원장님'이 아니라 '교수님'을 찾는 걸 보니 공무가 아니라는 걸 직감했다. '그렇다'고 했더니 그는 다짜고짜 '하이데거'에 대해 이야기를 좀 나누고 싶다고 했다.

"미안하지만 누구신지…" 했더니 그는 역시 조심스럽게 자기소개를 했다.

30대 후반의 평범한 일반인인데 명문인 서울 S대학 독어독문과를 나왔으며 대학원에서는 체육 관련 연구를 했다고 했다. '철학'과 '시대'의 문제에 대해 관심이 많은데, 오랜 과정을 거쳐 '결국 하이데거가 중요하다'는 도달점에 이르렀으며, 찾아보니 이수정 교수님이 그 분야 연구의 대표자인 것 같아서 용기를 내어 전화를 드렸다…, 서두는 대충 그랬다. 계면쩍게 웃었더니 그는, 이런저런 말로 공치사를 하며 어지러울 정도로 나를 띄워주었다.

대표자니 일인자니 최고봉이니 하는 말들은 낯 뜨거운 소리고 학회의 선배와 동료들이 들으면 불쾌한 말이겠지만, 나 역시 평범한 보통 사람이니 솔직히 기분이 나쁘지는 않았다. 나는 고등학교 시절, 그 당시 철학에 빠져 있던 내 형을 통해 하이데거를 알게 되었는데 나 자신이 이렇게까지 하이데거와 깊은 인연을 맺게 될 줄은 그때로선 상상도 하지 못했다. 하이데거 연구로 박사학위를 받았고, 그에 관한 두툼한 연구서도 세 권이나 펴냈고, 한국하이데거학회의 회장을 지냈고, 하이데거의 수제자인 폰 헤르만 교수의 초청으로 하이데거 본인이 활약했던 프라이부르크대학에 머물며 강의도 듣고, 그의 퇴임기념 논문집에 한국 대표로 기고도 했고, 하이데거의 집과 산장에도 여러 차례 가보았으니 확실히 보통 인연은 아니다.

전화를 걸어온 그 J씨가 서두를 꺼내는 동안 나는 나의 대학 시절 절친인 P를 떠올렸다. 천재성으로 반짝이던 그는 재수생 시절 당돌하게도 우리 시대의 한 거물인 김우창 선생을 찾아가 학문적 대화를 나누었다고 했다. 선생은 그에게 호의적으로 대해주셨고, 그에게는 그날의 그 대화가 평생의 아름다운 추억으로 남은 듯했다. 그는 70을 바라보는 지금까지도 선생과의 개인적 인연을 이어오고 있다. 역시 아름다운 인문학적 풍경의 한 장면이다.

J씨는 하이데거에 대해 꽤나 열심히 공부를 한 듯했는데, 몇 가지 확인하고 싶은 것을 내게 물었다. 일반인들이 흔히 그렇듯 그도 자신의 관점에 좀 갇혀 있는 듯한 인상을 주었다. 나는 학회나 학교에서 늘 그래왔듯이 '원점-출발점' 내지 '전경'의 이해를 강조했고, 그가 왜 '존재'라는 주제에 그토록 매달리게 되었는지, '존재'라는 현상이 왜 그토록 경이로운 것인지, 왜 '존재'라는 것이 있고 '무'가 아닌지, 그 문제의식을 공유하지 않으면 하이데거라는 숲의 전경을 놓치고 그 숲속에서 길을 잃을 수 있다는 이야기를 들려줬다. 존재 그 자체가 걸어오는 말에 직접 귀를 기울여야 한다는 것도 말해주었다. 그는 또 하이데거가 실존주의자로 평가되는데 대해 그리고 현존재분석을 인간중심주의로 해석하는 데 대해, 강한 불만이랄까 이의를 제기했다. 나는 칭찬과 함께 하이데거 철학 전체의 '문맥' 내지 '맥락'에서 현존재론을 이해하지 않으면 편협한 해석의 오류에 빠질 위험이 있다며 〈휴머니즘론〉을 비롯한 하이데거의 책 여기저기를 동원하며 한참이나 하이데거 강의를 펼쳤다. 전화였지만 그냥 대학원 수업 같았다. 나의 목소리가 좀 고조되자 그는,

"와, 교수님, 너무 재밌어요."

하며 웃었다. 즐거워하는 느낌이 전화선을 통해 전해졌다. 나도 즐거웠다.

한참 길었던 이야기 끝에 그는 하이데거가 아닌, 철학자 이수정의 시대론을 듣고 싶다는 말을 던졌다. 나는 내가 논문까지 썼던 하이데거의 시대론을 잠깐 요약해 들려준 후, 하이데거에게 결여된 부분을 들려줬다. 이른바 가치론이다. 좋고 나쁨의 문제다. 나는 구약성서의 창세기와 플라톤의 '선의 이데아'를 원용하면서 이게 왜 문제인지를 역설했다. '모든 존재는 각각 나름의 선을 지향한다'는 나의 철학적 명제를 내걸고 내가 왜 '공자의 가치들'을 썼는지도 이야기해줬다. 내 시대론의 핵심은 '(인간관계에서의) 가치의 붕괴, 실종'을 염려하는 것이고 그건 나의 전매특허가 아니라 부귀공명에 대한 인간들의 집착을 비판했던 저 공자─부처─소크라테스─예수(가나다순) 이래의 철학적 전통에 속한다는 말도 들려줬다. 그는 또 웃으며,

"와 교수님, 진짜 재밌어요."

하고 즐거워했다.

화제는 그렇게 동서고금을 종횡무진하며 거의 두 시간 가까이 이어졌다. 그때 '똑똑' 하며 행정실의 팀장이 결재 서류를 들고 들어왔다. 상황을 눈치 챈 J는 너무 오래 시간을 뺏어 죄송하다며 인사를 했다. 나는 열심히 해보시라는 평범한 격려의 말을 건네고 전화를 끊었다. 30여 년간 30여 권을 책

을 냈지만 일반 독자로부터 전화를 받아본 것은 처음이다. 아직은 철학에 대한 관심이 완전히 죽지는 않은 모양이다.

창가에 서서 창밖을 보니 제법 바람이 불고 있었다. 일기예보가 기온이 낮을 거라더니 과연 추워 보였다. 그런데 집 무실 안은 따뜻했다. 난방 때문이 아니다. 건물이 남향이라 햇볕이 방을 데운 것이다. 쌀쌀함과 따뜻함, 이 둘은 항상 공존한다. 지금 우리의 이 시대는 쌀쌀한 한겨울을 힘겹게 통과하고 있다. 코로나 때문만도 아니다. 인간과 인간의 관계가 꽁꽁 얼어붙어 있다. 그래도 태양은 우리의 머리 위에 항상 떠 있다. 그 따뜻한 햇살은 얼어붙은 대지도 비춰준다. 그 따뜻함으로 저 땅 밑에서는 수많은 꽃들이 봄을 준비하고 있을 것이다. 봄은 기필코 온다. 나는 희망을 버리지 않는다. J 씨의 뜻하지 않은 전화는 얼어붙은 내 가슴속을 녹여주는 따뜻한 한 줄기 햇살이었다.

중심과 주변

나는 공식적으로 현대 독일철학이 전공인데, 이런 틀에 갇히는 것을 좀 싫어하는 편이다. 그래서 동서고금을 넘나들면서, 다른 분야들을 다양하게 기웃거렸다. (심지어 아낙시만드로스, 파르메니데스, 공자, 노자, 부처, 소크라테스, 예수까지도 건드렸다.) 그러면서 1990년대에 크게 유행했던 프랑스철학에 대해서도 제법 관심을 기울였는데, 말이 그렇지 그게 간단한 일은 아니었다. 프랑스철학자들은 말을 굉장히 에둘러 하는 특징이 있다. 멋있게 말해야 한다는 강박관념이 느껴질 정도다. 그래서 그 핵심을 파악하기가 쉽지 않다. 솔직히 말해 비교적 단도직입적인 독일철학에 익숙한 사람에게는 좀 짜증이 날 정도다. 베르크손, 사르트르, 메를로 퐁티, 레비-스트로스, 푸코, 데리다, 들뢰즈, 리오타르 … 다 마찬가지다. 세르, 바듀 등도 예외가 아니다. 그런데 참 묘하게도 그 난해하고 복잡한 그들의 글을 읽고 또 읽고 하다 보면 어느 순간 그 문맥이랄까 행간에서 어떤 단순하고 이해 가능한 메시지가 '까꿍' 하듯이 그 얼굴을 드러내고는 한다. 그 내용들이 은근히 매력적이다. 호소력이 있다.

그중의 하나, 데리다에 의해 유명해진 이른바 'ㅇㅇ중심주의'에 대한 비판이 있다. 예컨대 로고스중심주의, 음성중심주의, 남근중심주의 등등이 그의 철학적 법정에서 단죄되며 해체의 대상이 된다. 정통 철학에 대한 반란이라고 말해도 좋다. 그는 니체의 이른바 망치의 철학을 계승한다. 나는 체질적으로 이런 삐딱한 시선을 별로 좋아하지는 않지만, 중심주의에 의해 밀려난 '주변'의 변호 내지 복권의 시도라는 점에서는 지지를 아끼지 않는다. 그런 시선 자체가 따뜻한 휴머니즘에 기반하기 때문이다.

사설이 길어졌다. 죄송하다. 실은 이러한 철학적 논의들이 그저 현학적인 말놀이가 아니라 우리 인간들의 아픈 현실을 반영하고 있다는 말을 하고 싶은 것이다. 이른바 '중심'은 푸코의 말을 원용하자면 일종의 '권력'으로 작용한다. 그것이 이른바 '주변'에 대해 폭력을 휘두른다. 주변은 중심에서 밀려나 etc 즉 '기타 등등'으로 하찮게 취급된다. 푸코, 데리다, 리오타르 등은 그런 작고 사소한 것들에 대해 변호를 자처하고 나선 철학적 인권변호사인 셈이다. 화려한 벚꽃이나 모란만이 꽃이 아니다. 제비꽃이나 패랭이꽃도 꽃이라는 것이다. 아주 쉽게 말하자면 그런 논리다.

그게 우리 인간들의 아픈 현실과 무슨 상관? 그런 시비가 있을지도 모르겠다. 그러나 나 같은 지방대학의 교수들은 곧바로 이 말이 가슴에 와 닿을 것이다. 2021년도 대입 지원율을 보면 우리 한국사회에 중심-주변이라고 하는 이 이분법이 엄연한 현실로서, 더욱이 아픈 현실로서 전개되고 있음을 확인할 수 있다. 크게는 수도권이라는 중심과 지방이라는 주변, 수도권도 인(in)서울이라는 중심과 인천-경기라는 주변, '인서울'도 이른바 스카이(SKY)라는 중심과 기타라는 주변, 지방도 이른바 국립이라는 중심과 사립이라는 주변, 국립도 이른바 지역거점이라는 중심과 지역중심이라는 주변 … 그렇게 수많은 대학들이 이중삼중의 장치 속에서, 그 강력한 원심력 속에서, 주변으로 주변으로 무력하게 밀려난다. 아마 조만간 그렇게 밀려난 주변대학들은 현실 속에서 지워져 소멸의 위기에 처할 것이다.

존재의 상실은 실은 보통 문제가 아니다. 죽느냐 사느냐 하는 생사의 문제인 것이다. 그래서 이것을 문제로 인식하려는 '반중심주의'가 필요한 것이다. 수십만이 죽어나가는 이 팬데믹의 상황 속에서 한가하게 무슨 철학적 담론이냐고? 아니다. 한가한 이야기가 아니다. 코로나19도 엄중하지만, 그게 모든 문제를 흡인해버리는 블랙홀이 되어서는 곤란하다. 왜냐하면 이 와중에도 인간의 삶의 현실들은 여전히 고스란히 현재진행형이기 때문이다.

2021년, 지방의 대학들은 발등에 불이 떨어졌다. 학령인구의 감소로 인한 대학의 위기가 본격적으로 개시된 것이다. 일찌감치 예견된 일이었고 이 위기는 이제 해마다 가파르게 고조될 것이다. 특단의 조치들이 내려지지 않으면 안 된다. 이 대학의 위기가 국가의 위기로 연결될 것이 명약관화하기 때문이다. 그 국가적 위기 속에서 가장 먼저 화상을 입게 될 것이 아마 '주변'일 것이다. 그런데 우리는 알아야 한다. 그 주변이 그저 흙발에 밟혀도 좋은 etc, 혹은 잡초 같은 존재가 아니라는 것을. 화단의 꽃만이 꽃이 아니다. 노변에 핀 꽃도 예쁜 꽃이다. 밟혀 사라지기에는 너무나 아까운 꽃인 것이다.

눈길을 조금만 돌려도 바로 보일 것이다. 지방의 대학에도 중심 중의 중심인 스카이 대학의 교수들 못지않은 우수한 인재들이 넘쳐날 정도로 많이 있다. 5년 후, 10년 후, 그들이 어디서 어떤 모습으로 어떤 역할을 하고 있을지 나는 참으로 궁금하다. 저 'ㅇㅇ중심주의'는 21세기의 한국에서 다시 한 번 우리의 도마 위에 올려지지 않으면 안 된다. 주변을 그저 흙발로 밟아버리는 것은 결코 답이 아니다.

'철학과', 바람 앞의 등불

    정년퇴임을 앞두고 연구실을 정리하다가 서랍 깊숙한 곳에 묻혀 있던 누렇게 색이 바랜 노트 한 권이 눈에 들어왔다. 그 한 페이지에 '전국 철학과 설치 현황'이라는 것이 적혀 있었다. (총 45개, + 윤리 관련 21개로 되어 있다.) '철학과 커리큘럼 초안'도 있었다. 그 메모가 30년 전으로 잠시 나를 데려다주었다. 내가 근무하는 창원대학교에 철학과를 신설하기 위해 동료들과 동분서주하던 때의 추억이 아련히 떠올랐다. 당시 우리는 교양학과에 소속돼 있었다. 우여곡절이 있었지만 우리는 총장을 설득해 결국 철학과를 만들었고 매년 40명씩 학생들을 뽑아 열심히 철학을 가르치며 현재에 이르렀다. 30년이나 되었으니 나름 전통 같은 것도 생겨났다. 졸업생 중에는 교수가 되어 강단에 선 친구도 몇 명 있다.

    그런데 공교롭게도 퇴임을 앞두고 그 철학과가 흔들리고 있다. 교수들이 특별히 잘못한 건 없다. 소위 저출산으로 인해 학령인구가 가파르게 줄어들면서 특히 지방대학의, 특히 순수 인문학 계열 학과들의 신입생 충원율이 마이너스의 미달 사태를 맞은 것이다. 아마도 취업이 잘 안 된다는 게 결정적 이유일 것이다. 하여 우리 대학도 이대로는 곤란하지 않겠느냐, 대대적인 개편이 필요하지 않겠느냐는 이야기가 나오기 시작했다. "이런저런 험한 꼴 안 보고 잘 지내다 나가시니 좋으시겠어요." 더러는 위로랍시고 말을 건네지만, 콜록거리는 학과를 두고 퇴임하는 마당에 마음이 편할 턱이 없다.

같은 시내의 이웃 경남대는 이미 수년 전 철학과를 폐지했다. 한남대도 강남대도 폐지했다. 1990년에 작성한 그 '설치현황'에서 사라진 대학이 하나둘이 아니다. 쓸쓸한 늦가을, 스산한 바람에 떨어져 나뒹구는 낙엽이 연상된다. 문득 같은 해에 철학과를 두둔하며 써서 발표했던 〈무엇을 위한 철학인가〉라는 글이 떠올라 다시 꺼내 읽어보았다. 대학에는 철학과가 꼭 필요하다는 30대의 젊은 열정이 행간에 가득했다. 시대의 격절이 느껴졌다. 거기에 이런 문장을 인용했었다. 춘원 이광수의 말이다.

오늘날 대학에 철학과라는 것이 있다. 싱거운 소리 같지마는 내 말이 싱거운 것보다가도 이 철학과라는 것이 더 싱거운 것이다.[3]

─────────
3) 《사해공론(四海公論)》, 8(1935년 9–12월), 이광수전집, 제14권(삼중당).

내가 쓴 그 제법 길었던 글은 한때 철학과에 속했다가 실망한 춘원에 대한 반박이었다. 지금은 아마 대부분의 사람이 춘원의 말에 고개를 끄덕일지도 모르겠다. 김영삼, 김준현, 박찬욱, 신해철, 오거돈, 안희정, 이순재, 정현종, 스티브 잡스, 조지 소로스 등이 철학과였다고, 그리고 김지하, 유홍준, 황지우, 진중권, 방시혁 등이 철학의 방계인 미학과였다고 저명인사들의 이름을 나열해봤자 소용없을 것이다. 취업률이라는 단어 앞에서는 백약이 무효다. 게다가 이들 중에는 부끄러운 사고를 친 분도 없지 않다.

앞으로 대학의 미달 사태는 더욱 가파르게 진행될 것이고 지방대학을 필두로 구조 개편의 목소리는 더욱 높아질 것이다. 그리고 철학과는 독문과, 불문과 등과 함께 가장 좋은 먹잇감이 될 게 틀림없다.

철학과는 정말 그렇게 싱거운 것일까? 철학은 정말 그렇게 쓸모없는 것일까? "아니다!"라고 나는 단호하게 말한다. 2,600년 기나긴 철학의 역사가 증명한다. 공자, 부처, 소크라테스, 예수(가나다순) 등의 거철이 그 진정한 쓸모를 입증한다. 몇 년 전 사석에서 모 대기업 사장님과 함께 식사를 한 적이 있었는데, "기업의 채용자 입장에서 대학에 주문하고 싶은 게 있다면 어떤 건지 말씀해주십시오." 했더니 그분은 이렇게 말씀하셨다. "전공지식은 사실 부차적입니다. 대학에서 가르치는 건 어차피 실무에 별로 도움이 안 됩니다. 몇 년도 안 돼 다 낡은 게 되고 현장에서 필요한 건 어차피 저희가 뽑은 다음에 다시 가르쳐야 합니다. 그러니 대학에서는 우선 '인간'을 만들어서 보내주십시오. 그건 회사에서 못하는 일입니다. 학교에서 해야지요." 너무나도 인상적이었다. 그렇게 '사람'을 만드는 게 바로 철학과의 전공이다. 논리적인 머리도 만들고 윤리적인 가슴도 만들고 겸손한 귀도 만들고 넓고 깊고 미학적인 눈도 만든다. 정신을 성형하는 성형외과가 철학과인 것이다.

그래서 어떻게든 살아남아야 한다. 그 지반 자체가 없으면 그 싹이 자랄 수 없고 말라 죽는다. 철학과를 부디 사수해주면 좋겠다. 단, 시대적-사회적 여건이 '그건 도저히 안 되겠다'고 결정한다면, 꼭 철학과가 아니라도 좋으니 '철학'만은 버리지 말았으면 좋겠다. 철학자 플라톤이 유럽 최초의 대학인 아카데메이아를 세웠다. 그걸 고려해보면, 철학은 사실상 대학의 조강지처인 셈이다. 나는 교양학과로 되돌아가도 좋다는 입장이다. 대학에서 '인간'을 만들려면, 4년 중 2년은 문사철을 비롯한 인문학적 기초교양과 예체능을 가르쳐야 한다는 게 나의 확고한 소신이다. 이것은 국가의 과제이기도 하고 시대의 과제이기도 하다.

지금 이 시대 이 사회에서는 이상한 바람이 불고 있다. 건조하고 탁한 이익과 욕망의 바람이다. 그 바람 앞에서 지금 철학이, 철학과가 흔들리고 있다. '인간'이 흔들리고 있다.

남자의 페미니즘

동료 교수들 몇이 어울려 시내의 한 레스토랑에 점심을 먹으러 갔다. 입구의 문을 열고 손으로 잡은 채 뒤따라오던 한 여교수에게 "after you" 하고 먼저 들어가기를 권했더니 내가 일본 유학파인 걸 아는 그분이 "お先にどうぞ(먼저 들어가세요)" 하며 순서를 양보했다. 웃으며 "lady first죠" 했더니 역시 웃으며 "장유유서죠" 하기에 같이 웃었다.[4]

언젠가부터 나는 이런 경우에 '레이디 퍼스트'라는 말을 자주 입에 올리고 습관적으로 여성을 배려한다. 독일과 미국에 좀 살아봤다고 티를 내는 건 아니다. 특별한 의식 없이 "나는 페미니스트"라는 말을 입에 담기도 한다. 서양 영화나 소설 같은 걸 보며 그런 게 좀 세련됐다고, 멋있다고 느꼈을

---

[4] 대학교수들은 종종 쑥스러움을 완화하기 위해 상황별로 외국어를 섞어 쓰기도 한다. 특별히 '잘난 체'는 아니다.

지도 모른다. 서울에서 유일한 남녀공학 중고등학교를 다닌 탓일지도 모른다. 그래서 여성에 대한 '태도'를 주제의 한 축으로 다룬 고전 영화 〈마이 페어 레이디〉에 일찍부터 공감했는지도 모른다. 그러나 결정적인 건 그냥 '아내와 딸들을 사랑하기 때문'이다. 아무튼 나는 여성에 대한 그런 배려적 태도를 가치적 행위로 간주한다.

그런데 요즘 현실을 보면 이게 그렇게 간단한 문제가 아닌 것 같다.

퇴임을 앞두고 나의 후임 교수 인사를 미리 했는데, 최종 낙점을 받아 들어오게 된 분이 우연하게도 우리나라의 페미니즘 철학을 대표하는 얼굴 격이었다. 나는 아무런 거부감도 없었거니와 내심 반기는 편이었는데, 학내에는 뜻밖에 그걸 우려하는 분위기도 없지 않았다. '논란'에 휘말릴 가능성? 아마도 그게 이유일 것이다. 아닌 게 아니라 이분의 부임이 알려지자마자 페미니즘의 소위 '안티'들이 인터넷상에서 험한 소리들을 쏟아냈다. 정작 본인은 담담하고 의연하게 대처하고 있어 일단 안심하고 있지만 하여간 그 추이를 좀 지켜봐야 할 것 같다.

특별한 계기가 없어 잘 몰랐지만, 페미니즘을 둘러싼 찬반 공방은 우리 사회에 이미 어떤 '전장'을 형성하고 있는 형국이다. '일베'니 '워마드'니 하는 것도 거기에 깊이 연루되어 있는 모양이다. '보겸'이라는 이름도 이번 기회에 처음 알게 되었다.

페미니즘이 간단한 문제가 아니라는 건 30대 젊은 나이의 이준석씨가 제1야당의 대표로 선출되는 파격적 사건의 진행 과정에서 이준석-진중권이 펼친 공방에서도 드러났다. 이 시대 최고의 논객으로 맹활약 중인 진씨는 이씨의 '여성할당제 폐지'에 대해 맹공을 퍼부으며 그의 반페미니즘을 비판했다. 여성의 현실과 페미니즘의 기본 취지를 전혀 이해하지 못한다는 것이었다. 이 둘의 용어나 주장을 나이 든 철학자인 내가 반복할 생각은 없다. 적절치도 않다. 중요한 것은 그 취지다. 그들의 이야기를 잘 들어보면 둘 다 일단 일리가 있다. 여성할당제를 한다는 게 우리 현실에서는 이미 남성들에 대한 역차별이며 그 결과로 출세한 여성들이 과연 그만한 결과를 보여주었느냐 하는 '이'의 말도 일리가 있고, 여성들이 처한 원천적으로 불리한 처지를 제대로 알고나 있느냐, 그 삶의 조건이 남성들과 근본적으로 같을 수 있겠느냐 하는 '진'의 말도 일리가 있다.

그런데 철학적으로 보면 도덕적 정당성과 우위는 '진'에게 있다. 그게 상대를 이해하고 인정하고 배려한다는 점에서 '윤리적'이기 때문이다. '이'는 그게 본인의 철학인지는 모르겠으나 이른바 분노한 '이대남'(20대 남성)의 지지를 얻기 위해서도 페미니즘에 대해 거리를 두는 것이 정치적으로 필요한 일이라 생각했을지 모르겠다.

어쨌거나 페미니즘은 이제 한국의 현실에서 피해 갈 수 없는 주제로 떠올랐다. 우리는 어떤 형태로든 입장을 밝힐 수밖에 없다. 그게 꼭 이것이냐 저것이냐 하는 양자택일의 문제는 아니다. 흑백논리로 결판이 나는 것도 아니다.

그러나 나는 이 문제에 대해서도 내가 늘 강조하던 '뒤집어 읽기'와 '결여 가정'을 권한다. 모든 결과에는 그것을 있게 한 원인이 있다. 그 결과를 뒤집어보면 그 뒷면에 숨겨진 원인이 드러난다. 페미니즘의 뒷면에는 이른바 '남근중심주의'의 그늘에서 항상 '을'로서의 삶을 강요받았던 헤아릴 수 없이 많은 여성들의 한숨과 눈물이 마치 염전의 소금처럼 침전돼 있다. 그들은 아주 오랜 세월 결코 '인류의 절반'으로서 대접받지 못했다. 그 점에서 남성들은 원천적으로 여성에 대해 부채를 지고 있다. 인정해야 한다. 21세기인 지금도 '시'자는 여전히 '처'자에 대해 갑으로 군림한다. 정의롭지 않다. 내가 존경하면서도 거리를 두는 저 레비나스도 '남성이 먼저'를 인정한다는 점에서 실은 좀 반성문을 쓸 필요가 있다.

'결여 가정'은 좀 더 실감이 날지도 모르겠다. '만일 여성이 없다면…' 하고 철학적인 가정을 해보자. 긴말할 필요도 없다. 조만간 필연적으로 인류 멸망이 도래한다. 그 이전에 이미 지상의 모든 남자는 아내든 애인이든 사랑의 대상을 잃게 된다. 엄마도 누나도 누이도 없다. 그런 반쪽짜리는 이미 인간이 아니다. 지상의 모든 소설도 시도 영화도 드라마도 사랑 없이는 원천적으로 성립 불가능이다. 남자에게는 여자가, 여자에게는 남자가 그런 대상인 것이다. 서로서로다. 서로가 서로에게 필수불가결한 반반이다. 그 원초적 사실을 잊지 말자.

여자와 남자는 결코 적이 아니다. 위도 아래도 먼저도 나중도 더도 덜도 없다. 이 시대의 페미니즘은 그동안 남성들이 자행해온 의식적-무의식적 '갑질'에 대한, 이에 견디다 못한 여성들의 최소한의 '목소리'와 '청구서'임을 우리는 인식해야겠다.

학회와 향연

이른바 학회라는 것이 있다. 나도 한때 이런저런 학회에 얼굴을 내민 적이 있었고 내가 전공하는 전문학회에서는 한때 회장직도 맡으며 열심히 일했고 지금도 거기에는 깊은 애정을 가지고 있다.

얼마 전 일종의 '연구사' 같은 논문을 쓰면서 학회들의 역사와 현황을 간단히 정리해 소개한 적이 있었다. 우리 철학계에서는 해방 직후 결성된 한국철학회와 철학연구회를 필두로 그 후 무슨 사연이 있었는지 전국 규모 학회를 표방하는 것들이 각 지방 거점을 중심으로 우후죽순처럼 생겨났다. 대한철학회, 범한철학회, 새한철학회 기타 등등. 아마도 한국철학회와 철학연구회가 서울 중심으로 돌아가는 것에 대한 지방 거점 대학들의 반발이 그 속사정이 아니었을까 짐작된다. 한국인의 가장 큰 특징 중 하나인 '자존심'을 감안하면 이해되는 부분도 분명히 있다. 지방에도 서울 못지않은 훌륭한 철학자가 무수히 많다. 꼭 서울이 모든 것의 중심이어야 한다는 법은 없다. 지방에서 보면 서울도 그냥 하나의 '서울 지방'일 뿐이다. 철학자들에겐 특히 그렇다.

내가 전공한 독일철학의 경우는 그게 특히 두드러진다. 피히테, 셸링, 헤겔, 이른바 독일 관념론의 경우는 베를린대학이 그 중심 무대였으나, 라이프니츠는 특별히 대학에 몸담지도 않았고 칸트는 최북단 쾨니히스베르크를 평생 벗어난 적이 없었고, 현대철학의 경우, 알다시피 비판이론은 프랑크푸르트대학, 실존철학과 해석학은 하이델베르크대학, 현상학과 존재론은 프라이부르크대학, 분석철학은 빈대학 등이 그 중심지였다. 아주 바람직한 형태라고 나는 높이 평가한다.

내가 전공한 하이데거의 경우, 〈왜 우리는 시골에 머무는가?(Warum bleiben wir in Provinz?)〉라는 글에서 그가 베를린대학의 초빙을 거절한 뒷이야기를 들려준다. 그가 살았던 프라이부르크나 메스키르히나 토트나우베르크에 가보면 베를린과 프라이부르크 어느 쪽이 철학하기에 더 적합한지는 곧바로 알게 된다. 수도의 권위와 이점을 그 누구도 모르지 않겠지만 그게 다가 아님을 철학은 알려준다. 최근 한국의 고질적인 사회문제로 굳어진 서울 수도권 집중 현상에 대해 시사하는 바가 없지 않을 것이다.

규모나 효율 면에서는 대규모 전국학회보다 소규모 전문학회가 훨씬 더 좋다. 내가 몸담고 있는 하이데거학회를 비롯해 칸트학회, 헤겔학회, 니체학회, 현상학회, 해석학회 등 등 헤아릴 수 없이 많다. 이들은 학회지도 열심히 발간한다. 나는 이게 바람직한 형태라고 평가한다. 이건 일종의 동네 잔치 혹은 집안 잔치 같은 느낌이 있다. 친목회이기도 하고 사교장이기도 하다. 대 원로와 풋내 나는 대학원생이 한자리 에 모여 얼굴을 마주하고 대화를 나눈다. 동료 선후배는 만 남을 통해 끈끈한 유대관계와 우정이 생겨난다. 물론 경우와 양태는 각 학회별로 천태만상이지만 이런 전문학회의 분위 기는 대체로 저 최초의 학회였던 소크라테스의 '심포지온(향 연)'을 떠올리게 한다. 부담 없고 실질적인 발표와 질문과 토 론이 있다. 모임 후의 '식사'와 '한잔'도 당연히 뒤따른다. 2 천 수백 년 된 오래고 아름다운 전통인 것이다. 나는, 학회란 (특히 철학회란) 모름지기 그런 향연이어야 한다고 믿는다. 거기서 우리의 삶의 현실이 특히 가치들이 토의되어야 한다 고 믿는다.

그런데 참으로 웃을 수 없는 코미디가 있다. 이 학회들을 평가해 점수를 매긴다는 것이다. 그게 각 대학에 대해서도 기준으로 제시되어 어느 학회, 어느 학회지에 논문을 내느냐 에 따라 점수가 달리 매겨지고 성과급의 액수가 정해진다. 전형적인 관료주의다. 이런 건 그냥 학자들과 대학에 맡겨두 면 안 될까? 대규모 학회를 가든 소규모 전문학회를 가든, 혹 은 아예 안 가든, 그건 학자들이 알아서 판단할 일이다. 관료주의가 강제할 일이 아닌 것이다. 점수를 매기겠다고 빨간 펜을 들고 대드는 순간 학회는 향연일 수가 없게 된다. 최소한 자존심이 상한다.

학회 동료 Y와 J와 O가 정년퇴직을 했다는데 코로나 때문에 모이지를 못했다. 모임에 계속 나오려나 모르겠다. 그들의 따뜻한 미소와 수다는 학회가 있을 때마다 늘 내 마음을 푸근하고 즐겁게 해주었는데…. 다시 대면으로 만나게 되기를 나는 기대하고 있다.

어떤 청원서(Petition)

시간이 좀 지나기는 했다. 수년 전 내가 몸담고 있는 한국 하이데거학회에서 한 긴급 현안이 논의되었다. 하이데거 철학의 본향인 독일 프라이부르크대학이 이 대학의 한 상징이기도 했던 하이데거-후설 관련 '교좌(Lehrstuhl)'를 폐지하고 이를 분석철학 관련 교좌로 대체하기로 했다는 것이다. 퇴임하는 귄터 피갈 교수를 마지막으로 그 후임을 더 이상 그 분야로 뽑지 않겠다는 게 핵심이다. (어쩌면 하이데거의 나치 전력 때문이었을까? 그렇다면 그 나치의 피해자였던 후설은? 잘 납득이 안 된다.) 이 소식은 마침 거기에 객원으로 체류하고 있던 한 미국인 교수가 인지하여 전 세계의 하이데거 연구자들에게 급전으로 알린 것이다. 우리 학회는 동요했다. 특히 프라이부르크에서 학위를 했거나 연구 체류를 한 적이 있는 사람들은 말도 안 된다며 실망과 분노를 감추지 못했다. 일대 사건이었다.

논의 끝에 우리는 그 부당성을 지적하고 그 결정의 철회를 요구하는 청원서를 내기로 했다. 나는 초안을 작성했고 당시 프라이부르크에 체류하며 현지의 사정을 가장 잘 아는 한○수 선생이 그것을 완성해 그쪽 총장과 교육부장관에게 발송했다. 우리의 이러한 움직임은 그 후 일본의 하이데거 포럼 회원들에게도 전해졌고 그들도 자극을 받아 독자적인 청원서를 역시 독일의 관계기관에 제출했다.

결과는 'in vain', 아무 소용없었다. 프라이부르크대 총장으로부터 장문의 답변서가 한국하이데거학회 회장 앞으로 보내져왔지만 결과는 결국 거절이었다. 그런 청원이 전 세계로부터 쇄도했기에 작지 않은 부담이었겠지만, 그게 결정을 뒤집지는 못했다. 우리는 한탄하고 아쉬워했지만, 버스는 떠나갔고 물은 엎질러졌다. 거기서 어떤 '시대의 움직임'을 느낄 수밖에 없었다. 현상학의 추방은 그렇다 쳐도 그 대체가 분석철학이라고? 독일에서? 프라이부르크에서? 낯선 감각이었다. 슐리크와 비트겐슈타인이 있었던 오스트리아라면, 빈이라면 그럴 수도 있을 것이다. 라이헨바하가 있었던 베를린이라면 그럴 수도 있을 것이다. 그런데 독일이 아닌가. 하이데거와 후설이 있었던 프라이부르크가 아닌가. 맥락이 다르기는 하지만 저 1945년 프라이부르크를 점령했던 프랑스군처럼 이번엔 영미 분석철학이 하이데거–후설의 현상학을 추방하고 프라이부르크를 점령한 셈이다.

1993년 내가 처음 하이델베르크에 도착했을 때, 초청자인 라이너 빌 교수와 저녁식사를 하며 나누던 이야기가 생각났다. 나는 당시 아직 독일의 사정을 잘 몰랐지만 빌 교수님은 전 독일이 미국의 영향을 너무 강하게 받고 있다고, 그 총체적인 '미국화(Amerikanisierung)'를 우려했다. 나도 한국과 일본을 돌아보며 일정 부분 공감했다.

이 프라이부르크대 사태는 말하자면 그 연장선에 있는 것이다. 분석철학에 대해서는 우리도 모르는 바가 아니고 러셀이건 비트겐슈타인이건 교단에서 직접 가르치기도 한다. 그 철학적 의의도 인정한다. 그러나 이것이 저것을 대체한다? 그건 이야기가 다르다. 분석철학은 언어를 통한 세계로의 접근이나 의미의 명료화 등에서 물론 작지 않은 의미가 있지만, 그것은 카르납이 그랬던 것처럼 현상학-존재론을 애당초 이해하지 못한다. 출발선의 문제의식 자체가 완전히 다른 것이다. '존재'와 '무'가 왜 2천 년 넘게 철학자들을 뒤흔들었는지 그들은 이해하지 못한다. 파르메니데스와 하이데거가 왜 위대한지 감도 잡지 못한다. 그런데도 '검증 가능성' 같은 그들의 잣대를 엉뚱하게 현상학에 들이대며 '사이비 과학' 운운하는 것은 원천적으로 난센스인 것이다. 세력이 크다고 그것을 맹신하며 균형을 잃으면 2,600년에 걸친 철학의 역사가 휘청거리게 된다.

나는 여러 기회에 강조해왔다. 철학은 철학 '들(pl.)'이라고. 그 기준은 '역사의 승인'이라고. 그 자격은 '진정한 문제의식'이라고. 공자와 비트겐슈타인은 한참 다르고 부처와 베이컨도 아무 상관없지만, 그들은 다 철학자인 것이다. 그런게 철학의 강점이기도 하고 매력이기도 하다.

1년간 폰 헤르만 교수의 힘 있는 강의를 열심히 들었던 프라이부르크대 철학부의 그 강의실에서는 지금 누구의 어떤 강의가 진행되고 있을까? 그 현관 입구의 양 옆에서 사색에 잠겨 있던 아리스토텔레스와 호메로스의 동상은 지금 그 풍경을 어떤 눈으로 바라보고 있을까? 그 건물의 붉은 외벽에는 황금색 글씨로 커다랗게 "DIE WAHRHEIT WIRD EVCH FREI MACHEN(진리가 너희를 자유케 하리라)"라고 쓰여 있었는데, 그 진리의 독점은 어떻게 받아들여야 할 것인가? 우리의 철학은 프라이부르크대학이 부디 현상학을 잊지 않도록 그 건투를 기원한다.

기생충이라는 진실

2020년, 코로나 팬데믹으로 온 세상이 난리법석인 가운데 한국에서는 또 다른 종류의 난리법석이 일어났다. 봉준호 감독의 영화 〈기생충〉이 미국 영화제의 최고 권위인 아카데미상(오스카상)을 거머쥔 것이다. 작품상, 감독상, 각본상, 국제영화상 등 무려 4개 부분이다. 한국영화가 국제영화제에서 최고상을 받는 건 이미 낯설지 않지만 '상 중의 상'이라는 이 상을 받은 건 사상 처음이라 온 나라가 들썩였다. 세계 최고라니 축하할 일인 건 틀림없다. 하여간 한국 문화계는 대단하다고 나도 감탄했다.

그런데 역시 일종의 직업병일까, 이 영화를 보기도 전에 제목만 듣고 저 현대 프랑스철학의 거장 미셸 세르가 떠올랐다. 2019년에 세상을 떠난 그의 대표저서가 같은 제목의 *Le Parasite*(기식자)였다. 나는 이걸 일찌감치 주목해 졸저 《편지로 쓴 철학사: 현대편》에서 다룬 적이 있었다. 인간 이해의

적나라한 한 단면이었다. 외면할 수 없는 진실이니 그건 확실히 철학이었다.

'기식자'인 인간을 향하는 그의 시선은 참으로 날카로웠다. 그것은 나에게 충격으로 와 닿았다. "인간은 인간에게 이(기생충)이다."라고 그는 선언했다. 그는 인간에게 존재하는 (그리고 동물, 식물, 자연에도 존재하는) 하나의 근원적인 현상으로서 '주인과 기식자'(혹은 숙주와 기생자)라는 관계를 너무나 인상적으로 지적해 보여준다. 아닌 게 아니라 그렇다. 인간에게 있어 숙주 A와 기식자 B의 관계는 실로 보편적이다. A는 B에게 "얹혀살면서 호식하고 지낸다." 그는 "아양을 떨고 … 가로채려 한다." 그는 "베푸는 자들을 뜯어먹고 산다." 그는 [B가] "모든 것을 베풀고 아무것도 받지 않는 동안 모든 것을 취하면서 보답하는 게 아무것도 없다." "조금이라도 기회가 보이면 … 근본적 균형으로 향하기라도 하는 것처럼, 남에게 의지하는 행위 속으로 도피한다." 그는 "아무것도 생산하지 않는다." 그는 "자신을 위해 가로챌 줄 안다." 그는 A를 "꼼짝 못하게 만들고, 무질서를 야기하고, 다른 질서를 유포시킨다." 그는 "결코 기회도, 조그만 먹을 것도 놓치지 않는다." 그는 A를 "사취한다." 그는 [A를] "밀어내고 사리를 자지하려 한다." "추방하려 한다." 그것은 부조리이다. '제3자'인 그는 '협잡꾼'이기도 하고, '마취제'이기도 하다. 세르는 이렇게도 말했다. "역사에는 정치적 기식자들이 사라진 적이 없다. 그것은 이들로 넘쳐나고, 어쩌면 이들에 불과할 것이다. 기식자들의 집에서 식탁은 남이 차려준다." 그의 이런 말을 들으며 우리는 벌어진 입을 다물 수가 없다. 백 퍼센트 고스란히 진실이기 때문이다. "인간 집단이 일방적 관계의 방향으로 조직화되고, 한쪽이 다른 한쪽을 뜯어먹고 살지만, 후자는 전자로부터 아무것도 끌어낼 수 없다." "교환은 중요하지도 않고 본원적이지도 근본적이지도 않다. … 불가역적이고 되돌아오지 않는 단순한 화살의 관계가 자리를 차지하기 때문이다." 바로 이런 반도체적 현상, 이러한 밸브, 이러한 단순한 화살, 방향의 전도가 없는 이 같은 관계를 그는 '기식적'이라 불렀다. 이런 관계를 설명하기 위해 그는 분과들을 넘나드는 온갖 지식들을 동원한다. 몰리에르의 타르튀프, 푸케의 집에 초대받은 라퐁텐, 애인의 집에서 기거하는 루소, 수많은 삼류 작가들, 징세관 집에 숨어 사는 서울쥐와 그에게 초대받은 시골쥐, 바이러스−박테리아−곤충−절지동물들−이−촌충, 겨우살이와 일부 버섯들[착생식물], 심지어 통신선 속에 돌아다니는 지속적인 잡음, 언어활동에서의 궤변, 데생에서의 파선, 대화에서의 오해, 통로에서의 잡음 … 그 하나하나의 기식적 사례들을 너무나 흥미롭게 들려준다. "젖소, 나무, 황소는 인간에게 우유, 온기, 주거, 일, 고기를 주지만, 인간은 그것들에게 무엇을 주는가? 그는 무엇을 주는가? 죽음이다."라고 그는 말한다. 인간 자체가 이미 이 자연계에서의 '기식자'인 셈이다.

하기야 우리 모든 인간은 이미 어머니의 자궁 속에서 기식하며 우리의 삶을 시작했고, 가정이라는, 부모라는 숙주, 그리고 사회라는 혹은 직장이라는 숙주에 기생하며 그 영양을 빨아먹는다. 아니, 태초의 저 에덴에서부터 우리는 이미 그랬다. 세상의 모든 자식들은, 따라서 모든 인간은, 다 그 부모라는 숙주에 대한 기식자이다. 부모는 다시 그 부모에 대해, 또 그 부모에 대해, 또 그 부모에 대해 … 그렇게 거슬러 올라가면 결국 저 에덴의 카인과 아벨, 아담과 이브에까지 도달하게 된다. 그러니 모든 인간이 다 그런 거다.

혹자는 그의 이런 철학을 난해하다고도 말하지만 적어도 우리 한국인들은 이런 '기식자' 이론을 단숨에 이해한다. 안타깝고 한심스럽기 그지없지만 우리는 그에 해당하는 무수한 역사적 사례들을 알고 있기 때문이다. 이른바 당파와 조정에 빨대를 꽂고 영양을 빨아먹은, 그리고 아무런 기여도 하지 않고 그 숙주를 망하게 한 [최소한 병들게 한] 저 조선의 유림들, 일제강점이라는 역사적 상황 속에 빨대를 꽂고 이익을 취한 친일파들, 역시 국가기관이라는 숙주에 빨대를 꽂고 사욕을 취한 부정하고 부패한 공직자들, 그리고 무엇보나 최고의 권력 대통령이라는 숙주에 빨대를 꽂고 피를 빨아 상상도 못할 이익을 취한 숱한 국정 농단자들을 우리는 알고 있기 때문이다. 어디 그뿐인가. 우리 시대의 보편적 사회현상임을 이제 누구나 인정하는 저 딱한 n포 세대도 캥거루족이라는 기식자가 되어 늙어가는 부모들에게 기생한다. 이 시대의 풍경이 아닐 수 없다. 아, 그러고 보니 멀리 갈 것도 없다. 매일 수백 명의 확진자를 만들어내고 있는 저 '코로나19'도 바로 전형적인 기생충의 하나가 아니었던가. 세르가 이미 그걸 지적하지 않았던가. 그 기식의 결과가 숙주의 죽음이라는 것도 그는 이미 지적했다. 전 세계 수십만의 코로나 사망자가 그 시신으로써 이 엄중한 철학적 진실을 증명하고 있다.

철학은 멀리 있지 않다. 비록 대학에서는 철학의 입지가 점점 좁아지고 있지만 매일 아침 출근 때마다 마스크를 쓰면서 우리는 기식자라는 철학적 진실을 마주하고 있다. 봉준호 감독이 미셸 세르를 알고 있었는지, 그 영향을 받았는지는 모르겠다. 혹 만날 기회가 있다면 한 번 물어봐야겠다.

당신은 말 쪽인가 글 쪽인가

21세기의 열차는 미지의 은하를 향해 고속으로 달리고 있는데 그 차창에 비치는 특이한 풍경이 하나 철학업자의 눈길을 끈다. 서점과 강당, 책과 강연이라고 하는 대비. 왼쪽 어두운 창에는 서점이 있고 오른쪽 밝은 창에는 강당이 있다. 서점엔 사람이 드물고 강당엔 청중이 운집해 있다. 서점엔 훌륭한 책들이 빼곡한데 먼지를 뽀얗게 쓰고 있고 강당엔 연사가 한 명인데 구수한 입담과 반짝이는 눈빛과 박수갈채로 먼지까지도 진동을 한다. 한쪽엔 글이 있고 한쪽엔 말이 있다.

1967년 《그라마톨로지》, 《글쓰기와 차이》, 《목소리와 현상》 등을 들고 우리 곁에 짠하고 나타났다가 2004년 췌장암으로 사라진 자크 데리다의 환영이 떠오른다. 그 데리다의 의문의 일패? 왜 이런 생각이 드는 걸까? 내가 그의 편이 아니라서? 나는 독일철학 전공이고 특히 하이데거주의자고 데리다는 프랑스 철학자에 하이데거와 노선이 다르고… 뭐 그런 게 작용하는 걸까? 천만에. 그런 단선적인 판단은 철학적이지 않다.

물론 나는 그의 소위 해체주의가 갖는 한계를 알며 그래서 그를 추종하지 않고 비스듬한 시선으로 바라보지만, 지금까지 적지 않은 기회에 그를 두둔하며 일부 선전해오기도 했다. 중심과 주변의 이분법을 날카롭게 지적하면서 이른바 주변의 복권을 꾀해온 그의 철학이 기본적으로 '윤리적'이라는 판단 때문이었다. '로고스 중심주의'에 대한 비판도 그런 의미에서 주목을 끄는 바가 있었다.

《그라마톨로지》에서 그는 이른바 '에크리튀르(ecriture)'를 무대 위에 올려 조명을 비추었다. 그 책에서만 천 번 넘게 언급된다. '문자-글쓰기-문체'라는 사전적 의미의 이 용어는 그의 경우 '음성언어'와 대비되는 '문자언어'를 뜻한다. 단순화를 통한 선명한 대비다.

그는 이 대비를 통해 2천 년 서양 형이상학의 역사가 음성언어 중심이었음을 드러내고 그 토대의 해체를 시도했다. 그 책은 하나의 법정이었으며 그는 검사로서 음성언어라는 피고인을 기소한 것이었다. 전통적으로 음성언어는 1차 언어였고 문자언어는 그 언어를 대리, 보충하는 2차 언어였다. 그게 바로 음성언어 중심주의, 즉 로고스 중심주의였다.《신약

성서》요한복음 1장 1절을 장식하는 "태초에 말씀(로고스)이 있었다."는 그 상징이었다. 그리고 한 줄의 문장도 쓰지 않고 오직 말만을 남긴 예수 그리스도가 그 구체적–대표적인 사례였다.

그는 검사인 동시에 변호사였다. 피해자는 문자언어. "태초에 음성언어가 있었다"를 그는 "음성언어 이전에 문자언어(에크리튀르)가 있었다"로 뒤집어놓는다. 당대에 밝혀진 분자생물학의 DNA 염기구조, 인공지능 프로그램이 일종의 문자로 돼 있다는 점, 선사인류학이 알려주는 '음성언어를 사용하기 이전에 사람의 표정이나 자연의 변화와 하늘의 별자리(원문자)를 독해하던 원시인류의 삶' 등을 동원하며 그는 문자의 보편성과 문자언어의 1차성을 변론한다. 이렇게 그는 '로고스 중심주의'의 해체를 시도한다.

그런 맥락에서 랑그(Langue, 언어체계)와 파롤(Parole, 언어행위)의 구별, 시니피에(signifié, 기표)와 시니피앙(signifiant, 기의)의 구별로 유명한 페르디낭 드 소쉬르와 〈언어의 기원에 관한 시론〉으로 유명한 루소도 그의 도마 위에 오른다. 이들도 문자언어를 음성언어의 '대리보충'으로 이해했다는 것이다. 음성언어가 문자언어보다 본래 더 우월하다는 판단은 보순임을 그는 역설했다.

내가 굳이 이런 '이단아'를 두둔하고 선전한 이유는 그 취지에 대한 공감이 있었기 때문이다. 그리고 솔직히 고백한다. 나 자신이 말보다 글을 더 좋아하기 때문이다. 그냥 경향이라고 해도 좋고 취향이라고 해도 좋다. 눈여겨보면 많은 학자들이 나와 비슷하다. 훈련과 연습을 통해 글은 좀 쓰게 되었는데 말은 세월이 지나도 영 어색하고 서툴다. (물론 그 반대도 없지는 않다.) 이런 경우 '교언영색'을 경계하는 공자의 권위를 빌려다 쓰며 위안을 삼거나 자기합리화를 하기도 한다. 그런데 실은…, 그렇게 말한 공자도 《논어》를 잘 읽어보면 그 자신이 경탄스러운 '말의 천재'임을 발견한다. 부처도 그랬고, 소크라테스도 그랬고 예수도 그랬다. 그들의 최강 위력을 생각해보면 글에 대한 말의 우위는 솔직히 인정할 수밖에 없다.

그러나…, 데리다의 해체주의도 충분히 이해된다. 말은 잘 못하지만 글도 충분한 의미가 있는 것이다. 그것은 그의 지적대로 말(음성언어)에 대한 한낱 대리보충이 아닌 것이다. 각각의 영역이며 각각의 역할과 각각의 의의가 있다. 별개의 세계랄까…. 그걸 인정할 필요가 있다.

1993년 내가 하이델베르크에 잠시 살고 있을 때, 도쿄에서 동문수학한 도쿄대학의 T교수가 파리에 왔다고 해서 파리의 그를 찾아가 만난 적이 있었다. 파리 시내의 명소들을 함께 걸으며 즐기고 저녁에 그의 집에서 와인잔을 기울이며 많은 이야기를 나누었다. 그런데 그를 받아준 초청자가 바로 데리다였다. 자연스레 그와 그의 철학을 안주거리로 삼았다. '요즘 그는 유대 철학에 심취해 있는 것 같더라'고 T교수가 그의 동정을 알려줬다. 그때 나는 그 와인색 취기 속에서 너무나 자연스럽게 데리다의 철학이 이해되었다. 그는 유대인이었다. 그들은 2천 년 세월 나라도 없는 '주변'으로서 세상을 떠돌았다. 그들과 한 번도 인연이 없었던 '중심'은 그들에게 늘 '권력'이었고 히틀러는 그 정점이었다. 그러니 그 '주변'을 변호하고 옹호하는 그의 해체주의는 그에게 너무나 자연스럽고 당연한 귀결이었다.

지금 2020년대, 데리다의 전성시대도 이미 지나갔지만 중심과 주변의 이분법은 여전히 유효하다. 말은 여전히 중심이고 글은 여전히 주변이다. 나는 지금도 글을 쓰고 있다. 이것도 조만간 서점으로 가 먼지 않은 저 철학서들 곁에 나란히 꽂히게 될 것이다. 그리고 오래 기다릴 것이다. 데리다에 공감하는 한 해체주의자가 이 책을 뽑아 들어주기를. 그리고 고개를 끄덕이며 이 글을 읽어주기를.

이수정

일본 도쿄대 대학원 인문과학연구과 철학전문과정 수사 및 박사과정을 수료하고 하이데거 연구로 문학박사 학위를 취득했다. 한국하이데거학회 회장, 국립 창원대 인문과학연구소장·인문대학장·대학원장, 일본 도쿄대 연구원, 규슈대 강사, 독일 하이델베르크대·프라이부르크대 객원교수, 미국 하버드대 방문학자 및 한인연구자협회 회장, 중국 베이징대·베이징사범대 외적교수 등을 역임했다. 월간 《순수문학》을 통해 시인으로 등단했고 현재 창원대 철학과 명예교수로 활동 중이다.

저서로는 *Vom Rätzel des Begriffs*(공저), 《言語と現実》(공저), 《하이데거 — 그의 생애와 사상》(공저), 《하이데거 — 그의 물음들을 묻는다》, 《본연의 현상학》, 《인생론 카페》, 《진리 갤러리》, 《인생의 구조》, 《사물 속에서 철학 찾기》, 《공자의 가치들》, 《생각의 산책》, 《편지로 쓴 철학사 Ⅰ·Ⅱ》, 《시로 쓴 철학사》, 《알고 보니 문학도 철학이었다》, 《국가의 품격》, 《하이데거 — '존재'와 '시간'》, 《노자는 이렇게 말했다》, 《예수는 이렇게 말했다》, 《부처는 이렇게 말했다》 등이 있고, 시집으로는 《향기의 인연》, 《푸른 시간들》이 있으며, 번역서로는 《현상학의 흐름》, 《해석학의 흐름》, 《근대성의 구조》, 《일본근대철학사》, 《레비나스와 사랑의 현상학》, 《사랑과 거짓말》, 《헤세 그림시집》, 《릴케 그림시집》, 《하이네 그림시집》, 《중국한시 그림시집 Ⅰ·Ⅱ》, 《와카·하이쿠·센류 그림시집》 등이 있다.

sjlee@cwnu.ac.kr

철학이 보는

시대의 풍경

1판 1쇄 인쇄	2021년 9월 20일
1판 1쇄 발행	2021년 9월 25일

지은이	이 수 정
발행인	전 춘 호
발행처	철학과현실사

출판등록	1987년 12월 15일 제300-1987-36호
	서울시 종로구 대학로 12길 31
	전화번호 579-5908
	팩시밀리 572-2830

ISBN 978-89-7775-852 0 03800
값 12,000원